Die letzte Geschichte des Miguel Torres da Silva

Thomas Vogel

Die letzte Geschichte des Miguel Torres da Silva

Roman

Mit herzlichem
Gruß
Thomas Vogel

Klöpfer & Meyer

9.10.08

Bevor du die Welt neu erfindest,
sagte Miguel Torres da Silva,
erfinde neu dein Land.
Bevor du dein Land neu erfindest,
erfinde neu deine Stadt.
Bevor du deine Stadt neu erfindest,
erfinde neu dein Haus.
Doch bevor du dein Haus neu erfindest,
verlasse es und mach dich auf den Weg.

Der 1. Tag: Aufbruch

Manuel hatte Abschied genommen. Von der Mutter und der Großmutter, von den Geschwistern, den Freunden und Nachbarn. Und zuletzt von Miguel Torres da Silva, seinem Großvater, den man vor ein paar Wochen erst auf dem kleinen Friedhof zu Grabe getragen hat, hinter der weißen Kapelle, oben auf der Anhöhe.

Korkeichen standen am Weg. Ginsterduft erfüllte den Morgen und seines Großvaters Geschichten gingen Manuel durch den Kopf.

Würde er sie finden? So, wie sein Großvater sie alle gefunden hatte? Aus der Luft gegriffen oder vom Hörensagen, aufgeschnappt, zusammengereimt und zu Ende gedacht. Mitgebracht von vielen Reisen und weitergesponnen beim zeitverlorenen Spazierengehen entlang der Reben, die ihm Stock für Stock vertraut waren, und zwischen denen der Alte sich wie unter guten alten Bekannten bewegte und die, wer weiß, vielleicht überhaupt die ersten waren, denen er seine Geschichten zu Gehör brachte.

Manuel war schon weit gekommen, als die Sonne am höchsten stand. Er pflückte eine Orange und setzte sich in den Schatten. Zu den saftigen Schnitzen aß er ein Stück von Mutters Kuchen, den sie ihm für die lange Reise gebacken hatte.

Vor ihm lag weit ausgebreitet das Land wie ein Garten. Nicht Stechginsterheiden wie in der Serra da Nogueira bedeckten den kargen Boden. Vielfarbig und mit großer Geste fiel das Land in Terrassen bis zum silbrig glänzenden Band des Douro ins Tal. Und irgendwo noch viel weiter hinter dem traumsanften Blau des Horizonts mußte Coimbra liegen, die Stadt mit einer Universität, der einzigen im ganzen Land.

Kein Wort, keinen Satz hatte der Großvater je zu Papier gebracht, nur erzählen wollte er, dann, wenn kein Platz mehr zu kriegen war in dem einzigen kleinen Lokal zwischen der Kirche und dem Rathaus, in dem zugleich die Schule untergebracht war.

Manuel würde schreiben. Seines Großvaters Geschichten. Und neue dazu. Das hatte er ihm versprochen, immer wieder, und gestern noch einmal, als er an seinem Grab stand.

Der 2. Tag:
Die halbe Geschichte

Im Weiterwandern dachte Manuel an die anderen. Sein Bruder würde sich um die Weinberge kümmern, seine Schwester vielleicht schon bald den Sohn des Bürgermeisters heiraten, seine Mutter würde wie eh und je Haus und Hof versorgen, derweil die Großmutter endlos Initialen in das Weißzeug stickte.

›Ich hätte nicht gehen können, wäre Großvater noch am Leben‹, dachte Manuel, so viel ärmer jetzt die Welt und doch so viel reicher die Erinnerung an ihn – und alles, was erzählend er entwarf.

Aber was war mit der halben Geschichte, der einzigen, die ohne Ende geblieben war, rätselhaft und wie eine Wunde, die nicht verheilen wollte? Immer und immer wieder ging ihm diese halbe Geschichte durch den Kopf, drängte sich ihm auf. Der Großvater war nach Porto aufgebrochen, um dort mit Weinhändlern Geschäfte abzuschließen. Das war nichts Ungewöhnliches, er fuhr fast regelmäßig zweimal im Jahr. Viel wurde über Geschäfte zu Hause nicht gesprochen. Großvater hatte dann so viel anderes zu berichten, egal, wohin er reiste und von woher er kam, jedesmal brachte er Neuigkeiten mit, jedesmal war man neugierig, bat ihn, zu erzählen, und er tat es bereitwillig, ließ sich erst gar nicht lange bitten, »der alte Miguel ist der geborene Geschichtenerzähler«, sagten die Leute, und er war berühmt am Ort und darüber hinaus.

Unbegreiflich dann vor gut einem Monat das Ende samt seiner letzten Geschichte, die keines fand. Mitten im Erzählen war er gestorben, wollte trinken, die Kehle ölen mit dem besten Tropfen aus der eigenen Kelter, eine kleine Verzögerung nur mit dem Weinglas, als es am spannendsten war, als man wie so oft bei seinem Erzählen ungeduldig wissen wollte, wie und wohin es weiterging. Er hatte getrunken, um neuen Schwung zu nehmen, und sich dabei verschluckt. Wie gelähmt saßen die Zuhörer, und als die ersten begriffen, was passiert war, kam jede Hilfe zu spät.

Der Schock saß tief, tagelang war im Ort von nichts anderem die Rede, endlos lang war der Trauerzug, als man ihn zu Grabe trug. Die anderen hatten inzwischen wohl längst vergessen, was er im Begriff gewesen war, zu erzählen. Doch Wort für Wort klang es Manuel seither im Ohr und so auch jetzt wieder auf dem Weg. Großvaters letzte Geschichte, eine halbe Geschichte, die einzige, die er nicht zu Ende gebracht hatte, die ihm im wahrsten Sinne des Wortes im Halse steckengeblieben war.

Der 3. Tag: Unterwegs

Manuel Torres da Silva, Enkel des Miguel Torres da Silva, eines Weinbauern und Geschichtenerzählers, durchwanderte widerborstiges Felsland und die beschaulichen Auen beiderseits des Douro, aß Trauben, pflückte Orangen, fand Herberge unter flatternden Mühlenflügeln und bei den Mönchen, konnte ein Stück Wegs mitfahren auf einem Ochsenkarren und kam so viel schneller, als er es erwartet hatte, nach Coimbra, wo er Mathematik studieren sollte. Von streitbaren Professoren in schwarzen Talaren, gelben Perückenhütchen und strengen Mienen hatte Pater Bonifácio ihm berichtet und von der Joanina, der goldglänzenden Bibliothek mit ihren unzähligen wertvollen Schriften. In Coimbra, so hatte es der Großvater entschieden, solle er die Geheimnisse der Zahlen ergründen, denn das Erzählen sei eine Sache, das Zahlenwerk eine andere.

»Ich weiß wohl, wie wertvoll mir meine Geschichten ein Leben lang waren, aber ich weiß auch, wie wichtig es ist, die Rechenkunst zu ergründen.«

Und als handele es sich um ein kleines Geheimnis, fügte der Großvater mit leiser und eindringlicher Stimme hinzu: »Du mußt es so verstehen: aus den

Buchstaben und Wörtern bilden sich Gleichnisse, aus den Zahlen in der Mathematik die Gleichungen. In beiden Fällen geht es darum, Lösungen zu finden.«

›Gut‹, dachte Manuel, ›daß Pater Bonifácio selber einmal in Coimbra studiert und mir immer wieder von dieser Stadt erzählt hat.‹ Wie es war, damals, als der Marquês de Pombal im Auftrag des Königs das 1755 vom Erdbeben zerstörte Lissabon wieder aufbauen und drei Jahre später die Jesuiten aus dem Land verjagen ließ.

Heute, siebzehn Jahre nach dem verheerenden Beben, war der Marquês der mächtigste Mann im Land, und König José I. ließ ihm freie Hand bei seinem Reformwerk, das den Portwein ebenso betraf wie die Abschaffung der Sklaverei in den Kolonien und die Gründung neuer Fakultäten an der Universität von Coimbra.

Von einem Studenten, dem er unterwegs begegnet war, bekam er ein paar Adressen und fand so schnell eine passable Unterkunft. Die Wirtin, ein gutmütiges altes Weib, servierte ihm eine Riesenschüssel Bohnensuppe und erwartete im Gegenzug reichlich Auskunft. Woher er komme und wem er gehöre, wie es im Norden sei und wovon man dort lebe. Manuel gab bereitwillig Auskunft, erfuhr auch so manches über die Stadt und ihre Bewohner und worauf er zu achten hätte.

Später am Abend und bis in die Nacht hinein erkundete er die nähere Umgebung. Er durchstreifte verwinkelte Gassen, schaute neugierig in die lärmenden Schenken, fand schließlich zurück zu seinem Zimmer, ließ sich auf sein Bett fallen und war eingeschlafen, noch bevor er sich ausgezogen hatte.

Der 5. Tag: Coimbra

LÄNGST WAR DIE STADT auf den Beinen, als er am nächsten Morgen erwachte, und wieder wollte er nichts, als die ihm neue Welt kennenlernen, seine Freiheit genießen.

Vom Fluß aus schlängelten sich die engen, mit Flußkieseln gepflasterten Gassen den Berg hoch, wo der ehemals königliche Palast stand, der seit Jahrhunderten die Universität beherbergte.

Es war Markt. Am Ufer des Mondego lagen die Boote der Händler, viele waren auf dem Wasserweg aus ihren Dörfern im Hinterland hierhergeschippert, um ihre Erzeugnisse zu verkaufen. Auf dem langgezogenen Platz unterhalb des Arco de Almedina herrschte reges Treiben.

Der Hochsommermorgen atmete Überfluß. Angebote aus dem Garten der Natur. Dazu die Fischverkäufer, die sich breit machten mit Gestank und Lärm, die Aale und Karpfen, Barben und Sardinen anpriesen, aber auch Flußforellen und Weißlinge und den Lachs aus Figueira da Foz.

Eingesperrt in großen Weidenkörben zwitscherte und gackerte das aufgeregte Federvieh der Vogel- und Geflügelhändler.

»Na, Studentlein, studierst du die Botanik? Dann kauf' dir einen prächtigen Peru.«

So wurden die Truthühner genannt, welche die Seefahrer vor Jahr und Tag aus dem Land dieses Namens mitgebracht hatten, und die inzwischen hier längst heimisch waren.

Das größte Gedränge herrschte bei den Obst- und Gemüsehändlern, die Limonen und Orangen, Melonen, Birnen, Äpfel und Feigen feilboten. Bauersfrauen, von Kopf bis Fuß schwarz gekleidet, trugen ihr Gemüse in Weidenkörben auf dem Kopf.

Alle paar Schritte blieb Manuel stehen, beobachtend, den Duft der Gewürze einatmend, die ihr Aroma freigebig verströmten. Es roch nach Orient und Medizin.

Staunend verweilte Manuel vor den Ständen der Tabakhändler. Wiewohl der Tabak in ganz Portugal bei Todesstrafe nicht angebaut werden durfte, waren doch alle Arten von Rauch- und Schnupftabak aus Brasilien reichlich im Angebot. Die trockenen Blätter werden pfundweise verkauft, wobei die schwarze, feuchte und stinkende Sorte nur etwa halb so teuer ist wie die sehr viel angenehmer riechenden goldbraun fermentierten Blätter. Der Schnupftabak ist von feinstem Pulver und kommt, wie ein Karton vermerkt, aus der königlichen Tabakoffice zu Lissabon.

Kurz vor den Stufen, die zum offenstehenden Kirchenportal führen, verlief sich das Markttreiben.

Weihrauchgeruch stahl sich aus dem kühlen Kirchendunkel heraus ans Licht, verflüchtigte sich in der Mittagshitze. Manuel blieb im Schatten der Kirchenfassade stehen, unschlüssig, was er tun sollte. Dann erstand er für wenig Geld zwei Traubenstengel, ging hinunter zum Mondego, setzte sich in eines der kleinen Boote, aß Trauben, ließ sich schaukeln in dem Wohlgefühl, hier in dieser Stadt willkommen zu sein.

Der 8. Tag:
Die Universität

GLEICH IN DER FRÜH nahm Manuel das wohlgehütete Empfehlungsschreiben, das ihm Pater Bonifácio zu Hause mit auf den Weg gegeben hatte. Mit diesem sollte er zu Professor Sebastião gehen, Bonifácios altem Lehrer.

Die Universität lag in der Alta, dem oberen und zugleich ältesten Stadtteil von Coimbra. Zu Beginn des neuen Studienjahrs waren die Wege dorthin dicht bevölkert. Als sich Manuel auf dem umtriebigen Platz der Universität nach Professor Sebastião erkundigte, spürte er, daß dieser eine Berühmtheit an der Universität sein mußte. Da Sebastião wie an jedem Vormittag in der Bibliothek saß und nicht gestört werden durfte, beschloß Manuel, sich vor die Tür seines Arbeitszimmers auf den Boden zu setzen, um dort auf ihn zu warten.

Noch nie war Manuel in einem ähnlichen Gebäude gewesen, nie hätte er sich die Universität in einem Königspalast vorgestellt, mit breiten Treppen und langen Fluren, mit hohen Säulen, dicken Wänden und schmalen, in die Höhe strebenden Fenstern.

›Bin ich nicht zu klein‹, dachte er, ›und vielleicht auch zu dumm, um hier zu studieren?‹ Er beschloß, nicht weiter darüber nachzudenken und überlegte, was der Pater ihn wohl fragen würde, als dieser plötzlich vor ihm stand.

»Ich vermute, du bist zum ersten Mal hier. Und wer schickt dich? Komm herein.«

Manuel stand erschrocken auf, folgte dem Professor in den Raum und gab ihm den Brief. Sebastião trat ans Fenster und las, derweil Manuel den neugierigen Blick durch den Raum schweifen ließ, vollgestopft mit Büchern bis unter die Decke. Ein großer Schreibtisch in der Mitte, ein paar schlichte Holzstühle, sonst nichts. Auf einem der Stühle ein Schachbrett. Drei Figuren im Endspiel. Schwarzer König auf a7, weißer König samt letztem Bauer auf a5 bzw. a4. ›Da ist für niemand mehr etwas zu gewinnen‹, dachte Manuel.

»Und wie geht es meinem ehemaligen Schüler?«

Der Theologe wandte sich seinem Gast zu.

»Er scheint ja eine Menge von dir zu halten.«

Manuel erzählte. Vom Latein- und Griechischunterricht, den er von Pater Bonifácio erhalten, und von den langen Diskussionen, die dieser mit seinem Großvater geführt hatte. Schilderte ausführlich, mit welch aufopferungsvollem Bemühen der Pater die halbverfallene Magdalenenkapelle mitten in den Weinbergen wieder hatte instand setzen lassen.

»Ach! So hat er dir sicher auch erzählt, daß er während seiner Studien eine bedeutende Abhandlung über Maria aus Magdala verfaßt hat, die selbst Rom mit Interesse zur Kenntnis nahm. Nun gut. Und das Schachspiel?«

Manuel schaute verdutzt.

»Wir haben fast täglich gespielt«, gestand er wahrheitsgemäß und bereute im gleichen Moment die ehrliche Auskunft. Doch im Gesicht des Professors der Theologie zeigte sich ein Lächeln.

»Dann hat er dir das also auch beigebracht! Nun, ein Laster hat jeder und dieses hat er von mir ... und du dann wohl von ihm. Professor Ribeiro von der mathematischen Fakultät würde sagen: ›So findet das eine zum andern‹. Apropos: Du willst die Wahrheit also in der Arithmetik finden?«

Manuel fielen Großvaters Worte ein: »Es gibt viele Wege, die Welt und ihre Geheimnisse zu ergründen.«

»Und doch hast du Griechisch und Latein gelernt, hast die Kirchenväter gelesen und dich mit Pater Bonifácio über die Theologie unterhalten.«

Manuel wußte nicht so recht, was er darauf sagen sollte, der alte Professor schien auch gar keine Antwort zu erwarten, sondern fuhr fort:

»Du scheinst ein kluger Schüler zu sein, doch denk daran, nur das Studium der alten Schriften kann letztlich zur Wahrheit führen. Ich werde dich Professor Ribeiro empfehlen, vielleicht kann er etwas für dich tun. Wenn du Glück hast, wirst du noch einen Platz in seinem Seminar finden. Da Ribeiro beliebt ist bei den Studenten, wollen viel zu viele zu ihm. Und finden dann Interesse an seinen Spekulationen.

Hüte dich davor! Ich bin längst nicht mit allem einverstanden, was er denkt, und oft genug überschreitet er dabei auch die Grenzen seiner Wissenschaft. Aber er ist fraglos ein großer Mathematiker. Ich werde sehen, was sich machen läßt. Melde dich übermorgen um 9 in der Früh an der Pforte.«

Der 10. Tag:
Fibonacci

VORBEI AN DER alten Kathedrale betrat Manuel durch das Eiserne Tor, die Porta Férrea, den Patio-das-Escolas, den Platz der Universität, auf dem es an diesem Morgen von Studenten wimmelte. Als er sich beim Pförtner meldete, begleitete ihn ein Universitätsdiener in einen bereits völlig überfüllten Hörsaal. Wer keinen Platz in den Sitzreihen finden konnte, saß am Boden.

Augenblicklich verstummte das allgemeine Palaver, als Professor Ribeiro den Raum betrat. Er legte einen Stoß Papiere auf das Pult und schaute in die Runde, ging einige Male vor der vordersten Bankreihe auf und ab und blieb dann stehen. Es war mucksmäuschenstill.

»Wer die Welt verstehen will, muß sich in die Lehre der Mathematik vertiefen, deren Sprache aus Zahlen besteht, und aus Linien, die sich zu Kreisen, Dreiecken, zu Pyramiden und Würfeln fügen. Ohne diese Sprache irren wir hilflos durch ein dunkles Labyrinth, in dem kein Lichtstrahl uns den Weg weist, keine Ariadne uns einen Faden borgt.«

Der Professor redete, fast ohne Pause, gestikulierte, notierte an die Tafel Namen und Zahlen, erzählte von Kerben in einer Keule, dem Zahlensystem kannibalischer Vorfahren, kam von den Chinesen auf die Ägypter zu sprechen, auf die Juden, die Griechen und die Römer.

Manche Anekdote gab Anlaß zu Gelächter, zumindest bei einigen der wohl schon älteren Studenten. Manuel hörte aufmerksam zu, versuchte zu folgen, erkannte aber bald, daß er den Faden bereits hoffnungslos verloren hatte. Alles was er verstand, war, daß der Professor sich ausgiebig über die Römer mokierte.

Für die höhere Mathematik hielten sie sich griechische Sklaven. Und so wenig etwa Papst Julius II. den Petersdom erbaut, sondern nur als Auftraggeber fungiert hatte, so wenig stammte der Julianische Kalender von Julius Cäsar. Ein gewisser Sosigenes aus Alexandria habe im Auftrag Cäsars den nach diesem benannten Kalender ausgetüftelt. Überhaupt hätten die Römer nur das Nötigste von den viel gebildeteren Griechen übernommen. Weder Euklid hätten sie verstanden noch die ›Synthaxis mathematiké‹ des Ptolemäus.

»Dabei ist bekanntlich alles Zahl«, sagte der Professor, fixierte einen der Studenten vor sich und fragte ihn: »Wer hat das behauptet?«

»Pythagoras«, antwortete der Student.

»Pythagoras«, wiederholte der Professor, »und das war vor 2000 Jahren und ist heute so richtig wie damals und wie schon immer.«

Nein, so hatte sich Manuel einen Professor der Mathematik nicht vorgestellt. Würdevoller hatte er ihn erwartet, distanzierter, kühler. Doch dieser Lehrer war fast ein Rauhbein, der frech die alten Römer als mathematische Tölpel abserviert, die Griechen und Araber dagegen über den grünen Klee lobt und ungeniert den Allerhöchsten als den ersten Mathematiker bezeichnet, der sich das Universum als ein einziges Rechenexempel gestellt hätte. Mit seinem krausen Bart und dem struppigen Haar sah der vielleicht Sechzigjährige eher einem alten Patriarchen oder Philosophen gleich denn einem kühlen Rechner. Und wenn er eine Pause einlegte, um die Wirkung seiner Worte zu prüfen, schaute ihm der Schalk aus den Augen. Auf und ab spazierend oder noch lieber gegen den Tisch gelehnt und mit verschränkten Armen erzählte er von der Rechenkunst. So, als sei sie das Alleralltäglichste.

»Viel zu viel Rom regierte noch hinein ins Mittelalter, deshalb blieb es finster. Nur im Orient war auch in diesen Zeiten Licht, und nur dort hatte man die Griechen nicht vergessen. Ein Italiener namens Leonardo von Pisa lebte zu Beginn des Trecento jahrelang in Nordafrika.«

Manuel horchte auf. Diesen Namen kannte er.

»Genannt: Fibonacci«, hörte er sich sagen und erschrak im gleichen Moment über seinen Mut.

»Du kennst ihn?« wollte der Professor wissen, und: »Wie heißt du?«

»Ich heiße Manuel und von Fibonacci weiß ich nur: er hat Kaninchen gezählt und die Kaninchenplage erklärt.«

Einige kicherten, andere lachten. Professor Ribeiro grinste:

»Du hast völlig recht. Dieser Fibonacci wollte wissen, wie viele Kaninchenpaare in einer Generation geworfen werden, vorausgesetzt, jedes Kaninchenpaar bringt ein Kaninchenpaar der nächsten und eins der übernächsten Generation hervor und wird dann vom Bauern und seiner Familie vervespert. Spätestens in der fünften Generation nimmt die Plage ihren Lauf. Folgende Zahlenreihe entsteht ...« – der Professor ging zur Tafel und schrieb – 1, 1, 2, 3, 5, 8, 13, 21, 34, 55, 89, ... Dann wandte er sich wieder den staunenden Studenten zu und fuhr fort:

»Diese Reihe zu erklären, ist ein Kinderspiel. Aber wer zum Teufel erklärt mir, warum das Schneeglöckchen drei Blütenblätter hat, die Butterblume fünf, der Rittersporn acht? Und warum Ringelblumen 13 Blütenblätter haben, Astern 21 und Gänseblümchen 34 oder 55 oder 89?«

Der Professor schaute fragend in die Runde.

»Keiner weiß es? Keiner weiß es, aber es ist so. Und keiner, soweit wir wissen, hat bisher herausgefunden, warum das so ist. Wem der Ausflug in die Botanik nicht gefällt, der kann jederzeit zur Kunst oder Architektur wechseln. Man nehme zwei beliebig benachbarte Fibonacci-Zahlen für die Länge zweier Seiten eines Rechtecks, und ihr könnt ein solches Rechteck mit Fug und Recht als golden bezeichnen. Denn je weiter wir die Zahlenreihe nach Fibonacci treiben, desto mehr nähern wir uns der ›Goldenen Zahl‹, die wiederum der ›Sectio aurea‹, also dem ›Goldenen Schnitt‹, wie Leonardo die ›Divina proportione‹ des Pater Luca Pacioli benannte, zugrunde liegt, der seit alters bekannten Harmonie von Strecken. Schreibt euch hinter die Ohren den Satz des deutschen Astronomen Kepler: ›Die Geometrie kennt zwei große Schätze, einer ist der Satz des Pythagoras, der andere ist die Teilung der Strecke nach dem goldenen Verhältnis. Den ersten können wir mit einem Maßbecher Gold vergleichen, den zweiten ein wertvolles Juwel heißen.‹«

Als Manuel an diesem Abend nach Hause kam, dröhnte ihm der Kopf. Er tauchte ihn in einen Eimer mit kaltem Wasser, warf sich auf seine Matratze und schlief erschöpft ein. Nachts erwachte er aus Träumen, in denen Ameisenhaufen aus Zahlen über seinen Körper wuchsen, geometrische Klötze sich auftürmten und über ihm wieder zusammenstürzten, unendlich viele Schlüssel nicht in das Schloß eines großen Portals paßten, hinter dem er seines Großvaters Stimme hörte.

Der 13. Tag:
Ribeiro

PROFESSOR RIBEIRO hatte Manuel auf zehn Uhr in sein Arbeitszimmer bestellt. Die Morgensonne schien durch die blinden Fensterscheiben auf einen papierüberfluteten Schreibtisch, hinter dem der Professor in einer dichten Rauchwolke saß und an einer Tonpfeife zog.

»Ich hoffe, du hast den Spott der andern ausgehalten. Zumal du ja recht hattest. Mach's dir bequem!« Manuel rückte einen Stuhl zurecht, dessen Sitzfläche früher wohl mal aus Binsen geflochten war, und setzte sich vorsichtig hin.

»Pater Sebastião hat mich, wie du dir denken kannst, auf dich angesprochen. Ich vermute mal, der alte Fuchs hätte dich lieber in der theologischen Fakultät gesehen, da ich aber der einzige bin, der ihm im Schachspiel Paroli zu bieten vermag, will er es sich verständlicherweise mit mir nicht verderben. Er bat mich also höflich, zu prüfen, ob noch eine Möglichkeit besteht, dich aufzunehmen. Nachdem du wußtest, wer Leonardo von Pisa ist, hast du mir die Prüfung leicht gemacht. Willkommen also in meinem Seminar.«

Manuel wollte sich bedanken, aber der Professor wehrte ab.

»Erzähl mir lieber, woher du die Fibonacci-Geschichte kennst.«

»Von meinem Großvater«, sagte Manuel.

»War er Mathematiker oder Kaninchenzüchter?«

»Er war Weinbauer und Geschichtenerzähler. Und ganz sicher der beste.«

»Der beste was?«

»Viele behaupteten, der beste Wein weit und breit käme aus seinem Keller. Davon versteh' ich nicht genug, aber einen besseren Erzähler als ihn kann es nicht geben«, sagte Manuel mit Stolz.

Der Professor überlegte kurz und meinte zustimmend: »Ein guter Tropfen und eine gelungene Geschichte. So findet das eine zum andern, und im Ergebnis sind die beiden mehr als die Summe der Teile.«

»Es müssen aber drei sein«, meinte Manuel keck.

»Was meinst du?«

»Dreierlei braucht ein zufriedener Mensch: ein Glas Wein, eine gute Geschichte und einen, dem er sie erzählen kann.«

»Und wer sagt das?«

»Mein Großvater«, antwortete Manuel.

»Nicht ungeschickt! Du hast einen Großvater für Geschichten und für den klugen Einwand. Was diesen betrifft, so schätze ich ihn über alle Maßen. Denn nur so findet das eine zum andern – übrigens einer meiner Lieblingssätze, du wirst dich daran gewöhnen müssen.«

Professor Ribeiro legte die Pfeife zur Seite und erhob sich. Manuel begriff, daß das Gespräch beendet war, und stand ebenfalls auf.

»Ich freue mich auf die eine oder andere Geschichte«, sagte der Mathematiker mit lächelnder Miene und brachte Manuel zur Tür.

»Vor allem, vergiß sie nicht!«

›Kein Wort‹, sagte sich Manuel, als er die steinernen Stufen des gewaltigen Treppenhauses der Universität hinunterging und ins Freie trat, ›kein einziges Wort werde ich vergessen!‹

Manuel Torres da Silva, Enkel des Miguel Torres da Silva, studierte Arithmetik und Geometrie, saß in der goldglänzenden Bibliothek und las die Komödien des Camões, kopierte dessen Sonette und verlor sich in den zehn Gesängen der Lusiaden. Von diesem größten Dichter hatte ihm schon sein Großvater erzählt, wie er im Kampf um Ceuta sein rechtes Auge verloren hatte, nach Indien gefahren und unstet zwischen Goa, Macau und Malakka hin- und hergezogen war, bei einem Schiffbruch das nackte Leben und die Lusiaden retten konnte und schließlich 1569 bettelarm in der Heimat wieder aufgetaucht und bald darauf an der Pest gestorben war.

Zweihundert Jahre später, in den Lokalen der Sänger und Musiker, in denen Manuel sich am Abend mit anderen Studenten traf, erklangen die traurigen Verse des Camões, als wären sie dem Dichter gerade erst aus der Feder geflossen. Es gab Ziegenkäse mit Brot und Wein.

Der 15. Tag:
Das Gewitter

SEIT TAGEN war es schwülwarm. Gewitter drohten und blieben doch aus. Immer unerträglicher wurde die Hitze, und der ersehnte Regen verweigerte die Erlösung. Endlos lang erschienen an diesem Freitag die Unterrichtsstunden und ohne noch mit den anderen über das bevorstehende Wochenende zu reden, verkroch sich Manuel in sein Zimmer. Viel früher als sonst wurde es dunkel, bedrohlich nieder hing das Wolkengebirge vor dem Fenster, immer schwerer lastete das fette Grauschwarz über der Stadt, und nur ganz in der Ferne, von jenseits des Rio Mondego, war leises Donnergrollen zu hören. Schweißnaß lag Manuel auf seiner Matratze. Zäh quälten sich die Stunden durch die schwüle Nacht, immer wieder schlief er ein, schreckte aber alsbald wieder aus Traumbildern auf und starrte an die schwarze Decke. Er dachte an daheim, wie er als Kind Angst vor Gewittern gehabt hatte, und wie sein Großvater ihm diese genommen hatte. ›Wo bist du jetzt?‹ dachte Manuel, und zwischen Traum und Wachsein meldeten sich Erinnerungsfetzen, ohne Zusammenhang und willkürlich, bis plötzlich und in aller Deutlichkeit Großvaters letzte, nicht zu Ende erzählte Geschichte wieder, und rätselhaft wie eh und je, vor ihm auftauchte. Und wieder bedrängten ihn dieselben Fragen. Wer war dieser Muselmane, den Großvater in Porto zufällig getroffen hatte, und der doch ausgerechnet ihn hatte treffen wollen? Wer war die alte Frau, um die es in dem Gespräch dann ging, in Wirklichkeit noch ein junges Mädchen von kaum zwanzig Jahren, und deren Jugend beim Blick in einen Spiegelscherben in wenigen Tagen gänzlich zerbrach. Ihr Vater, ein einflußreicher und wohlhabender Kaufmann. Die besten Ärzte von weit und breit machten ihre Aufwartung, keiner wußte Rat, keiner, der helfen konnte. Dann der Traum der Alten von einem Beduinen mitten in der Wüste: »Erst wenn du dir, so wie in einem Spiegel, in einer Geschichte begegnen wirst, kannst du auch dein wahres Alter und damit deine Jugend wiedererlangen.« Also, glaubte der Vater, waren nicht die Wunderheiler gefragt, sondern die Geschichtenerzähler, die er jetzt von überallher kommen ließ und zu Rate zog.

Ein Wettstreit der Erzählkunst nahm seinen Lauf, und endlos lang mußte die Alte den Geschichten lauschen, war's dann irgendwann leid, ließ keinen mehr in ihre Nähe und verkroch sich tags hinter dem Rosenhag im Garten und nachts in ihrem Zimmer. Bis der verzweifelte Vater bald darauf einen marranischen Handelsherrn traf, einen Tuchhändler aus Portugal, den er seit langem kannte, den er ins Vertrauen zog, und der ihm wiederum von einem Landsmann erzählte, einem im Norden Portugals berühmten Geschichtenerzähler. Daraufhin schöpfte der Kaufmann neue Hoffnung, schickte einen Vertrauten nach Portugal, um dort, koste es, was es wolle, diesen Portugiesen ausfindig zu machen. Und so trafen sie sich in Porto. Zufällig? Ja, doch wohl zufällig. Denn wäre Großvater einen Tag früher gefahren oder hätte er auch nur eine Stunde früher die Hafenschenke verlassen oder hätte dort einen anderen Tisch gewählt und wäre somit anderen Leuten begegnet ... Oder doch kein Zufall? Gibt es geheime Anziehungskräfte, die dazu führen mußten, daß der Marokkaner genau an dem Tisch in der Schenke einen Platz fand, an dem Großvater bereits saß, mit ihm so ins Gespräch kam, ihm sein Anliegen vortrug, in der Hoffnung, daß er helfen würde, jenen portugiesischen Geschichtenerzähler zu finden, nicht ahnend, daß dieser ihm bereits gegenüber saß? Auch verschwieg der Marokkaner nicht, daß sein Herr bereit sei, teuer zu bezahlen.

Daraufhin Großvaters List oder Notlüge, was sich wohl gleich blieb, als ihm klar wurde, wer der Gesuchte war. Er kenne jenen Mann wohl recht gut, inzwischen sei dieser aber alt und viel zu gebrechlich für eine so lange und an Entbehrungen reiche Reise. Dennoch könne er sich, da er ihn häufig getroffen habe, recht gut vorstellen, wie dieser auf das Gesagte reagieren würde.

»Und wie?« wollte der Araber begierig wissen.

»›Vergeßt nicht‹, sagt der Alte oft am Ende seines Erzählens, ›gut ist es, einer Geschichte zu lauschen, besser aber noch, seiner eigenen zu folgen.‹«

»Gut, gut«, meinte der Fremde, »aber wie diese finden?«

»In dir ist die Antwort. Und der Weg dorthin ist zuweilen weit«, antwortete der Großvater.

»Wer sagt das, Ihr oder der Geschichtenerzähler?«

»Der Geschichtenerzähler, aber es bleibt sich gleich. Sagt Eurem Kaufmann, beides sei möglich, die Reise nach innen, nach Art der Mystiker, und auch die Reise um die Welt, doch endet der verlockende kurze Weg meist in einer Sackgasse, und der steinige erweist sich allemal als der bessere. Auf verschlungenen Pfaden kommt Ihr sicherer an Euer Ziel.«

Als dann, gerade wieder zu Hause, der Großvater bis hierher mit seiner Geschichte gekommen war, nahm er einen Schluck, einen zu großen …

»Und dann? Und dann! …« Wie oft hatte Manuel früher, auffordernd zum Weitererzählen, seinem Großvater diese Frage voller Ungeduld gestellt. Und genausooft auch eine Antwort erhalten.

Immer noch konnte er nicht begreifen, daß für dieses eine, letzte Mal sein Großvater ihm die Antwort schuldig geblieben war.

Bedrohlich war das Donnergrollen näher gekommen, die ersten Blitze entluden sich und schwere

Tropfen prasselten auf die Pflastersteine. Immer heftiger tobte das Gewitter, Blitze krachten, unmittelbar gefolgt von den Donnerschlägen. Dann, endlich, goß es in Strömen. In Bächen schoß das Wasser durch die Gassen, schwemmte den Unrat fort. Manuel hatte sich in die dem Fenster gegenüberliegende Ecke verkrochen. Sein Herz pochte. Irgendwo in der Ferne läutete eine Feuerglocke, unbarmherzig verharrte das Unwetter über der Stadt, eine Ewigkeit schien es verweilen zu wollen, bis endlich die Abstände zwischen Blitz und Donner länger wurden, das Grollen sich langsam verzog. Der Regen hatte allmählich wieder nachgelassen. Manuel öffnete das Fenster. Ein frischer Windhauch wehte ihm ins Gesicht. Kaum fielen die letzten Regentropfen, da fanden die ersten Sterne zurück an den Himmel und die Lufthungrigen bevölkerten das frisch gewaschene Pflaster. Es war kurz nach Mitternacht. Manuel zog seine Sandalen an, ging hinaus und lief durch die Gassen. Die Tavernen füllten sich mit neuem Leben und aus der Kirche Santa Cruz tönte der Chor der Mönche. Er zögerte, entschied sich aber fürs Weitergehen, dann für den Wein. Dazu aß er Brot und Ziegenkäse und lauschte den traurigen Liedern.

Der 21. Tag:
Von den Zahlen und vom Erzählen

Mathematik«, sagte Ribeiro, »ist wie die Liebe. Alle brauchen sie, probieren sie, den meisten ist sie Alltag, doch zum Feiertag wird sie den wenigsten.«

Der Professor liebte den witzigen, zuweilen bissigen Vergleich, und viele seiner Formulierungen wurden gesammelt und machten in der Universität die Runde.

»So wie es in der Liebe ewige Wahrheiten gibt«, sagte er ziemlich bedeutungsvoll und mit leiser Ironie, »so auch in der Mathematik: Die Winkelsumme eines Dreiecks summiert sich zu 180 Grad. Das war sogar schon so, bevor man es herausfand.«

Zuweilen am späteren Nachmittag traf sich Ribeiro mit seinen Studenten im Innenhof der Universität, unweit der Porta Férrea, um sie zu einem – wie er es nannte – Studium der Landschaftsgeometrie einzuladen.

»Unter freiem Himmel«, so erklärte er, »läßt sich gründlicher und grenzenloser denken – und auch spekulieren!«

»Spekulieren?« fragte einer der Studenten verwundert.

»Ohne Spekulation, ohne Annahme kriegst du nichts raus, ist letztlich nichts zu beweisen. Nehmen wir also an – wie Euklid bei der Unendlichkeit der Primzahlen – das Gegenteil der Behauptung träfe zu, und leiten daraus einen Widerspruch her, dann finden wir so – in der Rückführung auf den Widerspruch – den Beweis für die unendlich vielen Primzahlen. Mathematik ist eine Form des Abenteuers, wie Seefahrt, neue Länder entdecken oder Kunst. Du mußt alles aufs Spiel setzen, vielleicht den einen oder anderen lieb gewordenen Gedanken opfern, wie auf dem Schachbrett die eine oder andere Figur, um einen wichtigen Schritt weiterzukommen. Also brauchen wir das Abenteuer und den unbestechlichen, logischen Schritt. So kommt das eine zum andern.«

Sie spazierten über den Cumulo, saßen unter Schatten spendenden Bäumen und sprachen über die Mathematik und das Leben, und die Studenten grinsten, sooft bei ihrem Lehrer ›das eine zum andern kommt‹, und waren doch fasziniert von der Zusammensicht der Dinge.

»Mit den Zahlen ist das so eine Sache. Sie sind unter uns, also in der Welt, kommen aber doch von außen, sind göttlichen Ursprungs. Zahlen seien, so fand Plato, himmlische Ideale. Zahlen kommen von außerhalb, waren vor der Zeit, sind Wahrheiten, also unabhängig von uns Menschen. Für die Pythagoreer ist die Zahl das Maß aller Dinge und ihr Studium, also die Arithmetik, der Weg zur Perfektion. Kaum eine Religion, die nicht die geheimen Wahrheiten hinter den Zahlen zu ergründen sucht. ›Wahrlich‹, so sagt ein islamisches Sprichwort, ›wahrlich, Gott ist eine ungerade Zahl und liebt die ungeraden Zahlen.‹ Es gibt weibliche und männliche Zahlen, nur die Eins ist für die Griechen weder männlich noch weiblich und steht für die Gottheit, als Quelle aller Zahlen. Die Zwei wäre die erste weibliche, die Drei die erste männliche Zahl und gleichzeitig die Summe der ersten beiden. Und jetzt spielen wir mit Steinchen!« Der Mathematiker hob eines vom Boden auf und legte es auf eine Steinplatte.

»Die Eins ist der Ursprung.« Er nahm zwei weitere Steinchen und ordnete sie zusammen mit dem ersten zu einem Dreieck.

»Wie viele Steinchen brauchen wir insgesamt für das nächst größere gleichseitige Dreieck?«

»Sechs«, rief einer der Studenten.

»Und wenn es noch größer werden soll?«

»Zehn.«

»Richtig«, sagte der Lehrer, »nach der 1, der 3 und der 6 ist die vierte Dreieckszahl somit die 10. Die Pythagoreer schworen einen heiligen Eid auf diese vierte Dreieckszahl, die sie ›Tetraktys‹ nannten. Durch alle Jahrhunderte hindurch wurden Zahlen untersucht, ihre Eigenschaften enträtselt. Die dritte Dreieckszahl, die 6, gilt als eine kreisförmige Zahl, da ihre Potenzen alle mit einer 6 enden. Die zweite Potenz von 6, also 6 mal 6, ist 36. Und die 36. Dreieckszahl ergibt 666. In der Johannesoffenbarung steht: ›Wer Verstand hat, berechne die Zahl des Tieres. Sie ist nämlich die Zahl eines Menschen. Und seine Zahl ist 666.‹ Die dritte Potenz von 6 ist 216. Warum taucht diese Zahl immer wieder in Platons Werk auf? Warum glaubte Pythagoras an eine Wiedergeburt nach genau 216 Jahren?

Der heilige Augustin versuchte, das Geheimnis der biblischen Zahlen zu entschlüsseln. Warum fischten im Johannesevangelium 7 Jünger Jesu 153 Fische aus dem See Tiberias? Augustin rechnete. Es gibt 7 Gaben des Heiligen Geistes, dank derer wir die Fähigkeit erlangen, die Zehn Gebote zu befolgen.

7 plus 10 gibt 17. Die Summe der Zahlen von 1 bis 17 ergibt 153.«

Und der Professor der Mathematik kam so vom Hundertsten ins Tausendste, erwähnte die zehn göttlichen Zahlen oder Sefiroth der jüdischen Kabbala und erzählte die 672. Nacht.

Staunend lauschten die Studenten ihrem Lehrer, und als dieser den Eindruck gewann, es sei genug für heute, zitierte er den klugen Narren Nasrudin: »Wenn ich wüßte, wieviel zwei mal zwei ist – würde ich sagen: vier!«

Die Sonne wanderte gegen Abend. Man hatte Fragen gestellt und Antworten gesucht und sich die Köpfe heiß geredet. Es wurde gerechnet und gerechtet und immer wieder gelacht über des Lehrers Witz und unverhohlenen Spott.

»Die es ohne Zahlen treiben, beweisen dir, was du willst. Sie setzen einen Floh auf einen Teller und sagen: ›Spring!‹ Springt der Floh, notieren sie in ihr Buch der Wissenschaft: ›Ein Floh springt, sobald man es ihm befiehlt.‹ Dann reißen sie mit Bedacht dem Floh zwei Beine aus, setzen ihn wieder auf den Teller und befehlen ihm erneut zu hüpfen. Jetzt rührt der sich aber partout nicht von der Stelle. Da notieren sie in ihr kluges Buch: ›Reißt man dem Floh die Beine aus, verliert er sein Gehör.‹«

Schließlich hatte man sich verabschiedet und auf den Nachhauseweg gemacht, und Manuel, der es nicht eilig hatte, richtete es so ein, daß er zusammen mit seinem Lehrer langsam der Stadt wieder näherkam.

»Du hast noch etwas auf dem Herzen!«

Erleichtert über diese Aufforderung sagte Manuel:

»Wenn die Zahlen wahr sind, heißt das dann, die Worte sind verlogen? Also, was ich sagen will: Ich verstehe, daß ein mathematischer Satz in seiner Logik unumstößlich und wahr ist. Aber können Geschichten, die ganz ohne die mathematische Logik auskommen, nicht doch auch wahr sein?«

»Sie können sogar viel beweisen, auch wenn sie

gar nicht wahr sind«, sagte Ribeiro. »Aber deine Frage verwundert mich. Von den Geschichten deines Großvaters weißt du doch, daß sie wahr sind, oder besser gesagt: viele Wahrheiten enthalten.«

»›Ist das wahr?‹ Bei jeder seiner Geschichten habe ich ihn aufs neue danach gefragt.«

»Und was sagte er?«

»Aufs Wort!«

»Hast du ihm geglaubt?« wollte Ribeiro wissen.

»Eigentlich schon …«

»Was weißt du von deinem Großvater?«

»Mit 16 fuhr er auf der Teodora nach Brasilien. Drei Jahre später war er am Euphrat. Als er zurückkam, hatte er reichlich Geld, um sich ein paar der schönsten Weinberge der Gegend zu kaufen. Aber auch später war er immer wieder unterwegs.«

»Dann hat er seine Geschichten also von seinen Reisen mitgebracht.«

»Aber irgendwo und irgendwann müssen sie doch stattgefunden haben«, sagte Manuel.

»Das ist unwichtig und bleibt sich gleich. Schließlich will ich bei einer Geschichte nicht wissen, ob sie passiert ist, sondern ob sie wahr ist.«

»Dann muß, was wahr sein soll, also gar nicht wirklich sein?«

»Die Wirklichkeit existiert, die Wahrheit aber muß – wie die Lüge auch – erfunden werden, ist also reine Schöpfung und damit Zeichen, oder besser gesagt: ein Teil unserer Kultur.«

»Ihr nennt in einem Atemzug die Wahrheit und die Lüge ...«

Ribeiro blieb stehen.

»Weil ich große Sympathien für die Lüge hege, für die graziöse, die listenreiche des hintergründig bescheidenen Ironikers, die doch viel mit einem überlegenen Geist zu tun hat, wie die alten Griechen bezeugten, und die dem beschränkten, begrenzten Dasein seine Würde verleiht. Dem souveränen Erzähler ist jede List erlaubt, im bedingten kleinen Leben fordert er das Unbedingte, schürt und besänftigt, ersinnt den Stoff für unsere Träume, ohne die es kein Weiterkommen gäbe, er impft uns mit seinen Lügengeschichten gegen die verlogene Wirklichkeit. Nicht er handelt betrügerisch, sondern derjenige, der die Wahrheit schminkt, der keinen reinen Wein einschenkt und der seinem Honig Wachs untermischt. Der ehrliche Imker verkauft dir seinen Honig ›sine cera‹, also ohne Wachs. Daher ›sinceritas‹, das lateinische Wort für Ehrlichkeit, in Abgrenzung zur Täuschung.«

Der alte Lehrer war in seinem Element. Von Aristoteles kam er auf Lucian aus dem syrischen Samosata zu sprechen, dessen bissige Satire gegen die geschäftstüchtigen Orakler und prophetischen Hochstapler ziele, und der seinem Freund Philokles klarzumachen versuchte, daß »die Nationen öffentlich und von Staats wegen Lügen schmieden«. Schließlich streifte der Lehrer noch die Bücher des

Augustinus, in denen dieser gegen Täuschung und Irreführung zu Felde gezogen sei und der den Beweis geführt hätte, daß auch mit der Wahrheit heftig gelogen werden kann.

Manuel schwieg. So viele neue Gedanken stürmten auf ihn ein, so vieles sah er plötzlich mit anderen Augen, in einem anderen Licht. Sie gingen langsam weiter, den Weg am Ufer des Rio Mondego entlang.

Ribeiro kam wieder auf den Großvater zu sprechen. »Und zu Hause und im Dorf, was sagten die Leute?«

»Die Meinungen gingen auseinander. Auch meine Mutter meinte, er habe die Geschichten von seinen Reisen mitgebracht. Und Großmutter wiederum sagte oft, wenn ich zu ihm wollte: ›Pépe ist wohl bei seinen Fässern und keltert Geschichten.‹ Im Dorf hatte jeder seine eigene Meinung. Für die einen war er ein Spinner, für die anderen ein Erfinder, ein Geschichtenzauberer, ein Jongleur phantastischer Einfälle. Und wenn einer wissen wollte, woher er die vielen Einfälle nimmt, dann stellte der Alte lapidar die Gegenfrage: ›Und wo wohl nimmt die Spinne ihren Faden her?‹«

Ribeiro hakte nach: »So kamen sie, waren neugierig, wollten lauschen.«

»Immer und immer wieder wollten sie seine Geschichten hören, ganz versessen waren sie darauf, einen Platz für sich zu ergattern in der völlig überfüllten Gaststube.«

»Aber dann glaubten sie ihm doch«, beharrte Ribeiro.

»Manche, wenn Großvater geendet hatte, saßen noch eine ganze Weile in sich versunken da, ließen das Gehörte nachklingen, sagten dann höchstens: ›Schön wär's!‹ Andere, am nächsten Tag auf dem Markt, behaupteten: ›So was gibt's doch gar nicht!‹ oder: ›Schade, daß es nur lauter Märchen sind!‹«

»Aber dann wünschten sie es sich doch wenigstens, daran zu glauben«, sagte Ribeiro.

»Vielleicht«, meinte Manuel, »vielleicht wollten sie ihm ja glauben, trauten sich aber nicht.«

»Also wollten die Leute doch durchaus glauben, nur gönnen wollten sie es sich nicht.«

»Wieso gönnen?« fragte Manuel.

»Ja, sich Glauben gönnen. Vielleicht ist nichts schwieriger als das. Du brauchst enorm viel Kraft dazu. Wer's kann, versetzt Berge.«

»Aber versuchen sollte man es doch.«

»Aber ja doch«, sagte Ribeiro lächelnd. »Bloß tun sich die meisten schwer damit. Weil es Luxus ist, sich etwas zu gönnen, was reich macht. Die Neider stehen Spalier.«

Das Wasser des Rio Mondego glitzerte in der Abendsonne. Manuel blieb wieder stehen.

»Ich möchte Euch etwas fragen. Ihr seid Professor der Mathematik. Was fasziniert Euch so sehr an Geschichten?«

»Mathematiker sind gewitzte Leute, weil sie wissen

wollen. Und im Ernst: nichts ist sich so nah wie das Rechnen und das Erzählen. Beides hält die Welt zusammen, entwirrt und befreit. Archimedes hat natürlich recht, wenn er behauptet, er könne die Welt bewegen. Voraussetzung sei lediglich ein Drehpunkt, ein ausreichend langer Hebel und ein sicherer Platz zum Stehen. Es ist wahr, was er sagt, aber es ist unmöglich. Eine Geschichte dagegen mag wohl erfunden sein, hebt aber mit der ihr eigenen Arithmetik die Welt aus den Angeln.«

Manuel überlegte. Wieder fiel ihm Großvaters seltsam fremde, nicht zu Ende gekommene Geschichte ein.

»Wäre es denkbar, daß auch ungelöste Geschichten sich zu Ende berechnen lassen?«

»In der Rechenkunst suchst du nach dem gemeinsamen Nenner. In der Grammatik erforschst du die innere Logik.«

»Dann sind sich unsere Sprache und die Mathematik also viel näher, als wir denken ...«

»Eben weil zwei und zwei nicht fünf ist. Auch ein Satz muß im Ergebnis stimmen. Und außerdem – und das hat dich dein Großvater doch auch gelehrt – ist unsere Sprache wie ein Garten, der ein Schatten der Seele ist, die ihn erfunden hat. Entweder du pflegst ihn oder du läßt ihn verwildern. So einfach ist das.«

»Dann ist die Sprache also ein Garten mit anderen Mitteln, Weiterführung der Natur, Mathematik.«

»Bravo!« sagte der Lehrer.

Manuel blieb stehen, holte tief Luft, meinte dann: »Langsam begreife ich, was Ihr meint, wenn Ihr sagt, das eine finde zum andern.«

»Willkommen im Verein!« sagte Ribeiro lachend.

»Seltsam, erst jetzt wird mir klar, wie viele von Großvaters Geschichten in einem Garten spielen«, sagte Manuel im Weitergehen.

»Und welche davon willst du mir erzählen?«

Manuel verschlug es die Sprache. Damit hatte er nicht gerechnet. Zumindest nicht in diesem Augenblick. Wohl hatte er insgeheim gehofft, ihm, dem Lehrer, die eine oder andere von Großvaters Geschichten einmal anzuvertrauen. Ausgerechnet jetzt sollte er eine davon erzählen. Bildfetzen jagten ihm ohne Zusammenhang durch den Kopf, doch keine Geschichte stellte sich ein. Der Hals war ihm wie zugeschnürt. Verlegen schaute er zu Boden.

Der alte Ribeiro lächelte und kraulte seinen Vollbart.

»War nur so eine Idee«, sagte er, »muß ja nicht heute sein. Aber denk dran, langsam werde ich neugierig. Schließlich reicht es nicht, daß du sie alle irgendwo in deinem Schädel versteckst. Laß sie heraus, laß sie lebendig werden. Horch, bis sich die Stimme deines Großvaters einstellt. Und wenn du sie im Ohr hast, dann fang an zu schreiben und zu erzählen.«

»Einverstanden«, sagte Manuel mit Erleichterung.

»Dann werde ich Euch auch eine seiner Gartengeschichten aufschreiben. Aber ...«

»Aber was?«

»Aber trotzdem behagt es mir nicht, daß Ihr dem Garten so einfach die Mathematik überstülpt.«

Ribeiro mußte lachen.

»Keine Sorge, die Mathematik ist keine Mütze.«

Er bückte sich und pflückte einen Stengel.

»Estragon«, sagte er, »ist gut für die Verdauung. Wir schauen bloß aufs Blatt drauf. Aber da drin ist bis in die kleinste Verästelung hinein alles mathematisch präzise geordnet.«

»Aber wie wollt Ihr den Duft, den Glanz und die Poesie einer Blüte mit der Mathematik erklären?« wollte Manuel wissen.

»Mathematik ist das Regelwerk, das der Poesie die Entfaltung erst ermöglicht«, erwiderte Ribeiro.

»Aber braucht die Poesie nicht das Chaos?«

»Du hast völlig recht. So kommt eben das eine wieder zum andern. Die Mathematik bringt das Chaos ins Gleichgewicht. Ansonsten wäre die Welt wohl immer noch im Nichts.«

Eine Weile war Schweigen. Dann sagte Manuel:

»Da fällt mir Euer Hochsitz ein.«

»Was meinst du?« fragte Ribeiro.

»Euer Haus aus Holz, an den Fels gehängt und verstrebt. Hier ein Zimmer, da ein Zimmer, noch ein Raum drauf und noch einer drunter, und dazwischen ist rüber und hinüber das Ganze mit Stiegen und

Stegen verbunden. So zumindest sieht es aus, wenn man von unten am Berg nach oben schaut.«

»Und warum fällt dir das gerade jetzt ein?« fragte Ribeiro.

»Chaos und Mathematik. Der ganze Wirrwarr scheint in einem wunderbaren Gleichgewicht zu hängen.«

»Ich will dir was verraten: Mein Hochsitz, wie du es nennst, hoch oben am Fels, sichert den Berg und gibt ihm Halt. Wenn du willst, können wir uns bei Gelegenheit dort oben treffen. Besuch mich an einem Sonntagnachmittag.«

Zum ersten Mal hatte ihn sein Lehrer nach Hause eingeladen.

Der 34. Tag:
Ein Garten

Manuel Torres da Silva, Enkel des Miguel Torres da Silva, des Geschichtenerzählers, studierte Arithmetik und Geometrie, besuchte Vorlesungen und Seminare, saß in der goldglänzenden Bibliothek, der Joanina, rechnete und las und ging am Mondegofluß spazieren, bis sich die Geschichten einstellten, Großvaters Geschichten, die er in seinem Gedächtnis wie einen Schatz hütete, Geschichten, die ihm gehörten, was ihm wohl bewußt war, und die er irgendwann auch aufschreiben würde. Und irgendwann, so hoffte er, würde er sie auch erzählen können. Dann würde er seinem Lehrer Ribeiro jene Geschichte eines Gartens erzählen, von dessen »Existenz« der Großvater auf einer Reise nach Syrien Kenntnis erhielt.

»›Ein wahrlich seltsamer Kauz‹, so hatte er seine Erzählung begonnen, ›der stets freundlich grüßte, wenn wir uns an Deck begegneten, kaum aber je ein Wort mit einem redete, meist träumte er nur in den blauen Himmel hinein. Längst hatte er mich neugierig gemacht, und bevor wir nun morgen in den Hafen einlaufen würden, wollte ich doch noch heute abend die Gelegenheit ergreifen, mit ihm ein paar Worte zu wechseln. Die Nacht war ruhig, das Schiff schaukelte nur wenig, die meisten lagen längst unter Deck und schliefen. Mein seltsamer Kauz saß noch gegen einen Mast gelehnt und schaute in den Sternenhimmel.‹

›Es ist eine wunderbare Nacht zum Träumen‹, sagte ich, um ein Gespräch zu beginnen.

›Ja, Ihr habt recht. Bei solcher Gelegenheit verlieren sich meine Gedanken oft im Ort meiner Träume. Kennt Ihr das?‹

›Oh ja‹, erwiderte ich, ›das kenne ich sehr wohl, besonders auf langen Reisen.‹

›Und, wenn Ihr's mir verraten wollt, wo liegt Euer Ort der Träume?‹ fragte er.

›Nun‹, antwortete ich, ›es ist der Weinberg meines Großvaters, besser: der Weinberg meiner Kindheit.‹

›Ach‹, sagte der seltsame Herr leicht verwundert und schwieg.

›Und Euer Ort‹, wollte ich wissen, ›wo befindet dieser sich?‹

›Es ist ein Garten. Nicht, wie Ihr vielleicht meint, ein Garten hinter dem Haus. Es ist vielmehr, wie soll ich sagen, es ist – in Europa würde man wohl sagen: es ist ein Park. Ihr versteht: lange Alleen, Teiche mit springendem Wasser, auch eine Quelle sprudelt in einem am Rande gelegenen Akazienwäldchen. Es gibt viel zu tun. Oft halte ich mich den ganzen Tag in meinem Garten auf, kümmere mich dann um den Blütenschnitt und das Ernten. Mal sind es die Granatäpfel, mal die Winterkirschen, mal sind es Pfirsiche, Zitronen, Trauben oder Feigen. Auch viele Tiere bevölkern meinen Garten, Zikaden und kleine Echsen, Bienen liefern mir ihren Honig und seit einigen Jahren schon haben sich die schönsten und exotischsten Vögel diesen Garten als ihr Reich erwählt, was mich, wie Ihr verstehen könnt, mit Stolz erfüllt. Inmitten meines Gartens aber steht das Sommerhaus, ganz aus Zedernholz errichtet, dabei leicht und beschwingt in seiner Architektur, kühl, wenn du es betrittst, und von mildem Licht durchflutet.‹

›Dann müßt Ihr sicher sehr wohlhabend sein, wenn Ihr Euch einen so paradiesischen Garten gönnt‹, bemerkte ich mit Bewunderung.

›Oh ja‹, sagte er lächelnd und nickte zufrieden, ›oh ja, ich bin sehr reich und ich weiß das auch zu schätzen.‹

Ich mußte ihn bewundern, meinen seltsamen Mitreisenden, der während der ganzen Fahrt so bescheiden auftrat. ›Aber wer reich ist‹, dachte ich, ›hat guten Grund, diesen Reichtum nicht zur Schau zu stellen‹. Im Gegenteil, womöglich würde das nur das Bettelvolk anlocken und Diebe würden ihm auflauern.

Als unser Schiff am nächsten Morgen im Hafen einlief und alle bemüht waren, möglichst schnell wieder festen Boden unter die Füße zu kriegen, da hatte ich meinen Mann von gestern im allgemeinen Trubel einfach vergessen. Doch staunte ich nicht schlecht, als ich gegen Abend noch einmal in den Hafen kam und dort sah, wie eben dieser Mann von einem Obsthändler ein Stück Melone erwarb. Neugierig geworden, und auch, weil ich es auf dem Schiff versäumt hatte, mich von ihm zu verabschieden, trat ich auf ihn zu.

›Ihr seid noch hier?‹ fragte ich. ›Und ich dachte, Ihr hättet längst wieder Euren Garten aufgesucht!‹

›Welchen Garten?‹ erwiderte er völlig überrascht. ›Ich besitze keinen Garten. Ich wäre ja schon froh, wenn ich wüßte, wo ich mich heute Nacht aufs Ohr legen könnte.‹

An dieser Stelle machte der Großvater eine kleine Pause, schaute in die Runde. Dann fügte er hinzu: ›Es hat geraume Zeit gedauert, bis ich schließlich verstanden hatte.‹«

Der 55. Tag: Im Hochsitz

Auf dem warmen Fels dösten die Eidechsen. Die Luft war erfüllt vom Duft der Wildkräuter, die auf dem kargen Boden wuchsen. Der Weg schlängelte sich den Berg hoch, mal bildeten ein paar Steine Stufen einer Treppe, ansonsten aber war es ein Trampelpfad, der zu Ribeiros Haus am Berg führte. Über einen schmalen Steg, eine kleine sich daran anschließende Brücke und eine hölzerne Wendeltreppe gelangte Manuel auf eine Terrasse, wo er vom Hausherrn bereits erwartet wurde.

»Ich hoffe doch, du bist schwindelfrei!« meinte Ribeiro.

Von hier oben schien der Blick endlos ins Land zu reichen. Im flimmernden Sommersonnenlicht breiteten sich Wälder aus von Pomeranzen- und Limonenbäumen, voller Blüten und Früchte, umgeben von Aloen und indianischen Feigenhecken. Zerstreut auf den Hügeln Klöster und Kirchen, die geschützt in Ölgärten ruhten. Zypressen und Korkeichen säumten die Wege. Zwei dem Anschein nach wohlhabende Frauen ritten auf ihren Mauleseln, gefolgt von einem Bediensteten, der, wenn nötig, die Tiere mit einem scharfen Stachel anzutreiben wußte. Am Horizont

Weizenfelder, überragt von Windmühlen, deren Flügel den Boden zu berühren schienen.

Manuel folgte seinem Lehrer ins Haus, besser gesagt: in die verschiedenen Räume, die alle miteinander zusammenhingen, ineinander verschachtelt waren, mit Treppchen und Stiegen verbunden. Der erste Raum wirkte auf den staunenden Besucher wie das Kabinett eines Kuriositätensammlers. Alte Meßinstrumente, Navigationsgeräte aus poliertem Messing, Werkzeuge, Fundstücke. Dazwischen Muscheln, Tierschädel, Treibgut, ein rätselhaftes Stück Wurzelholz, Porzellankaraffen, bunt bemalte Kacheln, sogenannte ›azulejos‹, daneben Tonpfeifen und Kelche unterschiedlichster Größe. Dann gelangten sie in einen weitaus größeren Raum, der vollgestapelt war mit Büchern, alten Folianten, Dokumenten und Bergen von Papier. Mitten im Raum stand ein großer Schreibtisch, auf dem sich Bücher und Manuskripte türmten, am Fenster stand ein alter, ovaler Holztisch mit einem dicken, gedrehten Bein in der Mitte. Links und rechts davon zwei Stühle. In die Mitte der Tischplatte war ein mit Intarsien gefertigtes Schachbrett eingelassen. Spielbereit angeordnet die Figuren, daneben Teetassen aus Porzellan, eine Weinkaraffe mit Gläsern und eine Schale mit mehreren Tabakspfeifen.

»Such dir einen Platz«, bat Ribeiro seinen Gast, »wo es dir gefällt. Ich werde uns derweil einen Tee kochen.« Manuel schaute staunend und neugierig in die Runde. Dann ging sein Blick zum Fenster hinaus ins Tal und hinüber auf Coimbra mit dem Cumulo. Hier also sitzt sein Lehrer und bereitet sich auf die Seminare vor, hier also sitzt er und liest und philosophiert.

Manuel war dermaßen in Gedanken versunken, daß er nicht bemerkte, wie Ribeiro mit dem dampfenden Tee zurückkam und diesen in die Tassen goß.

»Wenn mir nichts mehr einfällt, dann schweift mein Blick geradeso wie deiner jetzt hinaus in die Ferne«, sagte Ribeiro, und beide nahmen am Fenster Platz.

»Das glaub' ich nicht!«

»Was glaubst du nicht?«

»Daß Euch nichts einfällt.«

»Wo denkst du hin! Nimm die Primzahlen. Haben sie den Abstand 2 voneinander, so nennt man sie Primzahlzwillinge, also die 11 und die 13 oder 101 und 103. Bislang weiß keiner, wie viele es davon gibt. Und Primzahldrillinge fand man bis heute nur ein einziges Mal: 3, 5 und 7. Und warum ist das so? Du glaubst doch nicht im Ernst, ein Professor der Mathematik stünde bei Lettern, Wörtern, Zahlen und Rechnungen nicht ständig aufs neue vor einem Rätsel!?«

»Immer nennt Ihr Zahlen und Wörter fast in einem Atemzug. Dazwischen liegen doch Welten.«

»Weil du die Welt der römischen Buchstaben nicht

mit der Welt der arabischen Ziffern zusammen siehst. Schau mal die Juden, die bringen das eine zum andern. Dieselben Schriftzeichen für die Zahlen und für die Buchstaben. ›Aleph‹ ist der erste Buchstabe und die Eins. ›Beth‹ steht für den Buchstaben B und für die Zwei. Jedes Schriftzeichen ist Buchstabe und Zahl zugleich. So ergeben sich in dieser heiligen Sprache Wörter, die denselben Zahlenwert haben. Und für den Schriftgelehrten besteht zwischen ihnen eine subtile, geheimnisvolle Verwandtschaft. Ein ganzes Leben kannst du mit dem Studium dieser Zusammenhänge verbringen. Dein Tee wird kalt.« Brav nahm Manuel seine Tasse und trank.

Ribeiro fuhr fort: »Du kennst die Geschichte von der Schlange im Paradies. Das hebräische Wort für Schlange hat den Zahlenwert 358. Dies ist aber auch der Zahlenwert des hebräischen Wortes für Messias. Das könnte im übrigen zu denken geben.«

»Für meinen Beichtvater wären solche Gedanken Ketzerei.«

»Sie sind es aber nicht. Es war selbige Schlange, die uns aus dem Zustand der Tumbheit befreit hat und uns die Möglichkeit brachte, zwischen Gut und Böse zu unterscheiden.«

»Aber was hat das mit dem Messias zu tun?«

»Nun, wenn der Mensch gut oder böse sein kann, macht er sich zwangsläufig schuldig. Diese Schuld wurde pauschal am Kreuz bezahlt. Du siehst, Zahlenwerk und Sprache gehören auf vielfältige Weise zusammen, sie bedingen sich wie die Pole, wie deine linke und deine rechte Gehirnhälfte. Die eine brauchst du zum Verstehen, die andere fürs Glück.«

Ribeiro nahm wieder einen Schluck Tee, und Manuel hatte nicht den Eindruck, viel zu verstehen. Schließlich sagte er, um etwas zu sagen: »Dann seid Ihr also glücklich, weil Ihr viel versteht.«

»Viel ist relativ, und vom Glück gibt es vielerlei Arten. Mit Wörtern und Zahlen umzugehen, ist eine Sache. Das verstehen viele. Sie lesen, hören, rechnen. Und für die Welt der Geschäfte reicht es allemal. Doch damit befinden wir uns höchstens im Vorhof des Tempels und seiner Weisheit. Willst du weiter vordringen in den magischen Raum der Zahlen, willst du die Geheimniswelt der Buchstaben und Wörter auch nur annähernd enträtseln, brauchst du das Glück. Aus Buchstaben bilden wir Wörter, aus Wörtern werden Sätze, und so stellen wir ganze Geschichten hinein in die Welt, die sich alsbald verselbständigen, dir also, kaum ausgesprochen, schon nicht mehr gehören, ihr Eigenleben führen, das sich deiner Kontrolle entzieht. Durch die ganze Welt wandern so die Geschichten, leichter als der Atemhauch, ein weltweiter freier Handel der Schwerelosigkeit und des Zufalls, der weit schwerer wiegt als jede noch so wertvolle Ladung, die im Hafen von Porto gelöscht wird.«

»Aber die Mathematik hängt doch zum Glück nicht vom Zufall ab«, versuchte Manuel einzuwenden.

»Natürlich ziehe ich ihn ins Kalkül, er ist mir eine Notwendigkeit. Denn für die allermeisten Probleme gibt es im Prinzip die allereinfachsten Lösungen. Doch solange das Glück abhold ist und kein Zufall winkt, rechnen wir verbissen, zerbrechen wir uns die Köpfe, streiten und werden dabei nicht klug. Glücklicher Zufall und reine Mathematik gehörten schon immer zusammen wie die Henne und das Ei.«

Manuel stierte in seine leere Teetasse, als suchte er dort nach einer Antwort.

»Eins versteh' ich nicht. Die Wissenschaft lehnt doch Kategorien wie Glück und Zufall ab? Und die Kirche läßt doch erst recht keinen Zufall zu. Steckt doch für sie hinter allem der Wille Gottes. Sein Ratschluß kennt keinen Zufall.«

»So denkt ganz sicher dein Beichtvater«, meinte Ribeiro spöttisch und zog an seiner Pfeife.

»Und Ihr, wie denkt Ihr?«

»Ich bin überzeugt, der Allerhöchste gönnt sich sehr wohl den Zufall, ein probates Mittel gegen die Langeweile.«

»Und Ihr habt keine Angst vor ketzerischen Gedanken?«

»Solange mir nicht der römische Großinquisitor gegenüber sitzt, hält sie sich in Grenzen. Außerdem ist es wenig sinnvoll, wenn man seine Gedanken allerorts und vor wem auch immer äußert.«

Manuel fühlte sich geehrt und war doch verunsichert.

»Gott ist kein Spieler«, sagte er.

»Nicht Spieler ist das passende Wort, sondern Künstler, Bildhauer, Maler, Dichter, was du willst. Ein Teil Mathematik, ein Teil freies Spiel der Kräfte.«

»Also auch Spieler.«

»Auch Spieler.«

»Aber Mathematik kennt doch strenge Regeln und Gesetze!«

»Wie jedes Spiel auch. Und doch ist der Ausgang ungewiß.«

»Steckt aber nicht hinter jedem Spiel ein verborgener Mechanismus?«

»Du hast völlig recht. Nichts suchen die Menschen deshalb mehr als das geheime Regelwerk. In den Visionen der Propheten oder Sibyllen ebenso wie in den Sternen, in dem Mysterium der Zahlen ebenso wie in den Buchstaben und den Worten. Und es steckt also auch in den Geschichten deines Großvaters. Aber erst wenn du selbst einmal zu erzählen beginnst, wirst du diesen Geschichten wahrhaft auf die Spur kommen – und ihrem Regelwerk auf die Schliche.«

Manuel Torres da Silva, Enkel des Miguel Torres da Silva, studierte Arithmetik und Geometrie, erfuhr in den Seminaren an der Universität von den Gesetzen der Mathematik und in den langen Gesprächen mit seinem Lehrer von den Gesetzen der Poesie, und je intensiver er eindrang in das Wissen der Welt, desto klarer wurde ihm, daß auch Großvaters Geschichten diesen Gesetzen auf wundersame Weise gehorchten. Weil es die Gesetze waren, denen das Leben folgt.

Der 89. Tag:
Spielereien

Manuel sass brütend über vertrackten Gleichungen, zeichnete und rechnete und jonglierte mit den Zahlen, zählte die Tage, seitdem er von zu Hause aufgebrochen war, und notierte genau, was jeweils an dem Tag, der auf eine Fibonacci-Zahl fiel, geschah, Kleinigkeiten ebenso wie die ihm wichtigen Erfahrungen, lächelte über diese Spielereien und notierte am 89. Tag: »Habe von der Bohnenphobie des Pythagoras gelesen, angeblich wegen der blähenden Wirkung dieser Hülsenfrucht. Habe just heute Mittag einen Teller voll Bohnen mit Speck gegessen. Armer Pythagoras!«

Nach den Vorlesungen traf man sich im Kaffeehaus und debattierte über den Lauf der Welt und die Mädchen vom Land. »Jede Pomeranze ist mir lieber als alle aufgedonnerten Schachteln aus Lissabon!« –, derweil die Alten sich die Zeit beim Brettspiel vertrieben. »Schlaf nicht, Herr Nachbar, her da mit den Würfeln!« Sie fallen, der Spieler gluckst vor Freude, kriegt den Schluckauf. »2, 3, 6, hicks, 4, und, hicks, die 5!« Der Portwein macht die Runde.

Andere Studenten schubsten Manuel, bis er sich überreden ließ, ihnen in die Wirtshäuser am Fluß folgte, wo an manchen Abenden ein Glockenspieler sein »Staccato pastorale« spielte, meist aber Bauersleute den Fandango nach der Musik der Zither tanzten. Dabei berührt der Zitherschläger bloß wenige Saiten im Tripletakt und schlägt dazu die Mensur mit derselben Hand auf dem Körper seines Instruments. Die Melodie scheint von ewigen Wiederholungen zu leben. Je später der Abend, desto vollzähliger trampelt dann die verschwitzte Wirtshausbesatzung über den Tanzboden, nur ein paar Kartenspieler in der Ecke lassen sich nicht aus der Ruhe bringen, und die Studenten streiten über die pombalinischen Reformen, essen Schafskäse aus der Serra da Estrela und sind sich dann völlig einig, einen weiteren Krug des kräftigen Bairradaweins nachzubestellen.

Der 144. Tag: Am Meer

SIE WAREN FRÜH an diesem Sonntagmorgen aufgebrochen. Zum ersten Mal seit langer Zeit sah Manuel wieder das Meer. Er zog die Schuhe aus und rannte über den Sand, an der Grenze zwischen Wasser und Land, spürte, wie die Wellen seine Füße umspülten und diese im weichen Boden versanken. Langsam folgte ihm sein Lehrer.

Manuel blieb stehen, schaute aufs Meer und wartete, bis Ribeiro ihn eingeholt hatte. Schweigend gingen sie einige Zeit nebeneinander her.

»Ich hab's versucht«, sagte Manuel, »es hat nicht funktioniert. Den ganzen Tag saß ich in der Bibliothek, stierte auf die mit Intarsien kunstvoll versehene Tischplatte, träumte von Brasilien, woher die Hölzer dafür kamen, sah die vielen tausend Bücher um mich herum an den Wänden, fragte mich, welche Geschichten darin festgehalten sind, brütete und grübelte über dem häßlich leeren Papier, fand keinen Anfang und brachte keine Zeile zu Papier.«

»Und doch hast du die Geschichten alle im Kopf!«

»Ich saß da, fast alleine, um mich erhob sich wie ein Kirchengebäude die Bibliothek, ich horchte in die Stille, plötzlich dröhnte mir vor lauter Stillschweigen der Kopf, doch Großvaters Stimme blieb stumm. Vielleicht sind es auch gar keine Geschichten fürs Papier. Vielleicht sind es keine Geschichten fürs Auge, zum Lesen, sondern Geschichten fürs Ohr. Ich habe bei Lope de Vega gelesen, zwischen Lesen und Lauschen sei ein beachtenswerter Unterschied. Zwar sind beides Stimmen, doch ist eine lebendig, die andere tot.«

»Oder«, ergänzte Ribeiro, »wie der Apostel sagt: ›littera occidit, spiritus autem vivificat‹, denn durch die Schrift werden nur die Augen gespeist, durch das Wort aber erhebt sich die Seele. Du hast recht, nur durch den Wind der Stimme wird der Verstand aufgefrischt, und keiner hat das besser gewußt als der alte Quintilian. Dennoch, auch wenn die Schrift nicht wirkungsvoller sein kann als die Beredsamkeit, so besteht für mich doch kein Zweifel darüber, daß sie die gleiche Energie haben kann. Dein Großvater ist nun mal tot, und unseren Ohren ist damit verwehrt, ihm zu lauschen. Dafür aber können wir mit den Augen lesend hören, und auch ohne Ohren wissen, was in der Welt geschehen ist. Gott sei Dank haben wir unsere Augen, welche die Grenzen des Raums und der Zeit überschreiten und das Gedächtnis lebendig halten, da, wo das Gehör nichts mehr vernimmt. Lies Quevedo, ein Sonett heißt ›Zurückgezogen in den Frieden dieser Wüsten‹. Darin der unglaublich schöne Satz ›Und mit meinen Augen höre ich die Toten‹. Verlaß dich drauf! Gerade weil die Stimme unerreichbar wurde, hören wir doch mit den Augen und holen uns aus weiter Ferne die Träume ganz nah.«

Sie waren wohl Stunden so gegangen, und jetzt, wo die Sonne fast schon am höchsten stand, war die Küste felsig geworden und das Vorankommen schwieriger. Sie fanden einen flachen Fels zum Sitzen. Aus ihren Taschen holten sie Brot und Käse, Wasser und Wein. Als sie gegessen und getrunken hatten, suchte sich Ribeiro zwischen den Felsen eine schattige Stelle und war bald eingeschlafen. Manuel kletterte derweil ein Stück weiter, entdeckte eine kleine Bucht und suchte dort nach Muscheln. Als Ribeiro sein Schläfchen beendet hatte, machten sie sich auf den Rückweg, sprachen über die Seefahrt und den Fischfang, über die Universität und die aus ihr vertriebenen Jesuiten. Dann griff Ribeiro noch einmal das Gespräch vom Vormittag auf.

»Ich bin sicher, du wirst die Kunst des Erzählens erlernen und du wirst sie beherrschen.«

»Doch so wie Miguel Torres da Silva werde ich nie erzählen können«, sagte Manuel mit traurigem Unterton.

»Dafür wirst du lernen, wie Manuel Torres da Silva zu erzählen«, erwiderte Ribeiro.

»Vielleicht kann man das Erzählen gar nicht lernen, vielleicht muß man zum Geschichtenerzähler geboren sein.«

»Auch dein Großvater hat es gelernt, weil es

schon vor ihm da war, und was da ist, läßt sich erlernen«, widersprach Ribeiro.

»Manchmal denke ich, daß die Geschichten, die einer erzählt, nur das Leben ersetzen, das er nicht lebt«, sagte Manuel.

»Ach! Dann muß dein Großvater wohl ein armer und recht trauriger Mann gewesen sein!«

»Im Gegenteil, er war der fröhlichste Mann im Dorf. Selbst wenn er sein Nachmittagsschläfchen machte und wir Kinder leise an ihm vorbeischlichen, um ihn nicht zu stören, entdeckten wir in seinen Gesichtszügen noch ein leichtes, verschmitztes Lächeln.«

»Wenn er also ein zufriedener Mann war, dann verhält es sich wohl eher umgekehrt«, folgerte Ribeiro, »denn viel mehr ahmt das Leben, das einer lebt, die Geschichten nach, die er sich erzählt, als umgekehrt. Du mußt unterscheiden: Es gibt Schwätzer, die nur von sich selber reden, die mit absonderlichen Ereignissen beeindrucken wollen. Und doch weiß keiner etwas damit anzufangen. Kaum machen solche Wichtigtuer den Mund zu, will man schon nicht mehr wissen, worüber sie gesprochen haben, und trifft man sie allein, verbreiten sie Schwermut und Griesgram. Dem wahren Erzähler dagegen hängst du an den Lippen und unbewußt fühlst du dich an Geschichten erinnert, mit denen du bereits geboren wurdest.«

»Genau das sagte oft Xavier, der Wirt«, warf Manuel ein.

»Nämlich?« fragte Ribeiro.

»Alle hängen sie dem alten Miguel an den Lippen.«

Noch einmal machten sie eine Pause, saßen eine Weile schweigsam, jeder auf einem Felsbrocken, den Blick auf die Wellen geheftet, die stetig heranrollten und donnernd am Fels sich wieder brachen.

Dann hob Ribeiro den Blick und schaute nach Westen.

»Du weißt sicher viel von deines Großvaters Reisen. Vielleicht hat er dir auch erzählt, wie es kam, daß er sich irgendwann aufs Erzählen eingelassen hat, vielleicht sogar, um sein Leben zu retten, zumindest aber, um sein Leben zu leben. Denn wer nicht erzählen kann, verschweigt seinen Lebenstraum, den er sich nicht eingesteht und den er somit auch nie wird leben können.«

Wieder, so schien es Manuel, hatte sein Lehrer ins Schwarze getroffen.

Längst war die Nacht hereingebrochen, als sie Coimbra wieder erreicht hatten. Sie gingen durch die Gassen der Unterstadt. Aus einigen Gasthäusern und Tavernen drang verhaltenes Stimmengewirr, dazu Lautenmusik und schmachtender Gesang nach draußen.

»Dort«, sagte Ribeiro zu Manuel, »dort, wo die Menschen zusammenkommen, um zu palavern und zu parlieren, wo sie aufschneiden und klein beigeben, sich streiten und sich recht geben, dort also, mit dem Stimmengewirr und der Musik als dem basso continuo, dort mußt du schreiben, denn dort wird sich irgendwann in den Chor der Stimmen auch die Stimme deines Großvaters mischen. Oder geh' am Morgen auf den Markt zu den Händlern, wo die Gänse schnattern, die Hunde bellen und man sich über die Preise streitet. Auch dort ist der Ort zum Schreiben. Die Bibliothek dagegen ist der Ort der verfaßten Gedanken, der gedruckten Geschichten, der Ort des Lesens und Lernens.«

Mit diesen Worten verabschiedete sich Ribeiro von seinem Schüler, und beide machten sich auf den Heimweg.

Der 233. Tag: Maria

Einmal im Jahr feierten die Fakultäten. Und die ganze Stadt feierte mit. Die Studenten hatten ihre schwarzen Capas umgehängt. Durch das mittelalterliche Durcheinander der steil ansteigenden und schräg wieder abfallenden Gassen mit ihrem Stolpersteinpflaster drängte sich ein buntes Völklein, und an den Ufern des Mondego war der Teufel los. Die Welt schien aus den Fugen. Je später der Abend, desto mehr geriet das Fest zu einem taumelnden Tanz. Und immer wieder tauchte in der Menge das Mädchen mit den blonden Haaren auf.

Manuel ließ sich von dem ausgelassenen Menschenstrom treiben, vorbei an den mit Blumen geschmückten Läden der Handwerker und Kaufleute. Er genoß die Heiterkeit dieses Sommerabends, die fröhlichen Gesichter, das ausgelassene Lachen. Unten am Fluß hatten die Schankwirte ihre Tische und Bänke aufgestellt, unter Girlanden auf einem hölzernen Podest spielte die Kapelle, und rings herum tanzten die Menschen im flackernden Licht der Fackeln.

Plötzlich stand sie vor ihm, mit aufforderndem Blick, und zog ihn hinein mitten unter die Tanzenden. Es dauerte ein paar Augenblicke, bis Manuel begriff, was geschah, dann ließ er sich treiben, vom Rhythmus der Trommeln und von der feurigen Stimme des Sängers, hielt das Mädchen, das er nie zuvor gesehen hatte, in den Armen, roch den Duft ihrer Haare bei jeder Drehung ihres Körpers, der sich ihm anschmiegte und wieder entwand, um erneut sich fallen zu lassen. Endlos fast schien dieser Tanz, bis die Musik schließlich nach einem schmetternden Schlußakkord eine Pause einlegte und die beiden sich erschöpft am Ufer niederließen.

»Ich heiße Maria«, stellte sich das Mädchen nach geraumer Zeit vor, »und du bist Manuel Torres da Silva.«

Erstaunt schaute Manuel auf.

»Und woher kennst du mich?«

»Sternschnuppen haben es mir verkündet«, sagte Maria mit gewichtiger Miene und als sie sein verdutztes Gesicht sah, lachte sie und fuhr fort:

»Du kommst aus dem Norden, studierst hier in Coimbra Mathematik, und dein Großvater war ein weitgereister Mann.«

»Woher weißt du das?« fragte Manuel verwundert.

»Weil der Zufall es so wollte.«

»Welcher Zufall?«

»Daß deine Wirtin ausgerechnet bei der teuersten Adresse hier in der Stadt ihre Stoffe besorgt. Und dort von ihrem klugen und – wie sie mehrfach betonte – hübschen Studenten spricht, der aus dem

Norden komme und über den ihre Neugier schon einiges in Erfahrung bringen konnte, derweil mein Vater eben dort seine Waren abliefert.«

»Dann ist dein Vater Kaufmann ...«

»Tuchhändler, aus Porto. Mal wohnen wir dort, mal hier in Coimbra.«

Manuel staunte, wußte immer noch nicht, was er sagen sollte.

»Eines Abends kam er nach Hause und hat uns die Sensation beim Abendessen aufgetischt.«

»Welche Sensation?«

»Stellt euch vor, ich weiß, wo der Enkel des alten Miguel Torres da Silva steckt!«

Manuel schaute ungläubig.

»Wieso kannte dein Vater meinen Großvater?«

»Sie müssen sich mehrfach begegnet sein. Mein Vater erzählte früher schon hin und wieder von einem Weinhändler aus dem Norden, der es meisterlich verstünde, Geschichten zu erzählen, und den er durch glückliche Umstände wohl immer wieder traf.«

»Deshalb also hat der Großvater der Großmutter und seiner Tochter von manchen Reisen Stoffe mitgebracht, Stoffe, wie sie bei uns sonst nirgends zu finden waren.«

»Feines Tuch gegen gute Geschichten.«

»Du meinst ...«

»Kaufleute unter sich. Das gehört sich so.«

»Doch wie konntest du ahnen, daß ausgerechnet ich jener Student bin, von dem die Rede war?!«

»Ich kam in die Stadt mit der Absicht, dich zu finden. Also hab' ich dich gefunden.«

»Unsinn!« entfuhr es Manuel. »Und außerdem: welchen Grund sollte es geben, mich zu suchen?«

»Weil ich neugierig bin«, sagte Maria lächelnd und fügte nach einer Pause hinzu: »und wissen wollte, ob auch der Enkel ein Geschichtenerzähler ist. Komm, es ist spät geworden.«

Sie stand auf, nahm seine Hand, so selbstverständlich, als wären sie längst vertraut, Freunde aus Kindertagen. Manuel, immer noch leicht verwirrt, ließ es dennoch nicht ungern geschehen. Das Mädchen gefiel ihm. Er bewunderte ihre direkte Art, ihr unkompliziertes Wesen. Sie gingen durch die nächtliche Stadt, entfernten sich immer mehr vom ausgelassenen Treiben und kamen in eine Gegend, die Manuel bislang nicht kannte. Vornehme Patrizierhäuser, von Mauern umgeben und überragt von Korkeichen, säumten die Straße. Maria blieb vor einem schmiedeeisernen Tor stehen. Mehr als ein großer, ganz im Dunkeln liegender Innenhof war dahinter nicht zu erkennen.

»Danke, daß du mich begleitet hast. Vielleicht sehen wir uns wieder einmal. Dann aber laß mich wissen, womit *du* handelst. Vielleicht, wenn die Musik am Ufer des Mondego wieder spielt oder auch an einem anderen Ort. Oder in einer anderen Geschichte.«

Schneller als Manuel etwas sagen konnte, war

Maria durch das Tor verschwunden, im Dunkel des Patio verklangen ihre eiligen Schritte.

Wie benommen stand Manuel noch eine ganze Weile, suchte dann den Weg zurück nach Hause. Es war weit nach Mitternacht. Ruhe war eingekehrt in Coimbra, nur ein paar Nachtschwärmer waren vereinzelt noch unterwegs.

›Immerhin weiß ich, wo sie wohnt‹, dachte Manuel, der nicht schlafen konnte, seit Stunden wach auf seinem Bett lag. Ein Satz seines Großvaters war ihm eingefallen:

»Wenn du deinem Leben die Tür öffnest, zeigt es mehr Phantasie, als du dir erträumen kannst.«

›War Maria ein Traum oder eine Laune der Phantasie? Oder war sie wirklich? Warum ist sie plötzlich aufgetaucht, mitten in meinem Leben? Was will sie? Und ich?‹

Manuel rätselte. Suchte nach Antworten.

›Es ist, um herauszukriegen, woher ihr Vater den alten Miguel Torres da Silva kannte‹, redete Manuel sich ein. Und hatte wohl auch ein bißchen recht. Sein Kopf gab ihm recht. Aber vom Hals bis zum großen Zeh und zurück bis über beide Ohren war es doch eher wegen Maria, daß er keinen Schlaf fand, grübelnd wach lag. Wie anfangen, wie weiter? Beten half nichts. Und die Mathematik wohl auch kaum. Ein falscher Schritt und man würde ihn auslachen, er wäre das Gespött der ganzen Stadt.

Also abwarten. Vielleicht würde Maria sich ja wieder melden. Ärgerlich stand er auf, ging zum Fenster, schaute in den Himmel. Dort oben herrschte Ordnung. Sternenklar. Keiner tanzte aus der Reihe. Und plötzlich war hier unten nichts mehr klar. Chaos in seinem Kopf.

Im Blätterwerk des Weinstocks, der das Fenster umrankte, lärmten die Zikaden. Manuel schloß den Fensterladen. In einem Krug war noch Wein. Er trank einen Schluck, und noch einen, und legte sich wieder auf sein Bett. Dachte an früher, als alles so viel leichter war. Als der Großvater zum Gutenachtgebet ans Bett kam; ohne ihn war kein Ins-Bett-gehen, kein Einschlafen denkbar. Er reichte den Schlaftrunk. Nein, kein Getränk, ein paar Gedanken, die dann wie eine Fähre hinüberführten ins Land der Träume. Zuvor oft das wilde Durcheinander auf den Betten, mit dem Bruder und der Schwester, bis der Großvater sich einmischte, um alle drei zu verzwiebeln, und jeder jeden, ohne weh zu tun. Ohne Tränen, oberstes Gebot! Eigentlich hat es immer funktioniert. Na ja, fast immer. Aber zur Not konnte Großvater Tränen trocknen. Keiner so gut wie er.

›Andere haben Lieder gelernt, vor dem Schlafengehen. Wir Großvaters Geschichten. Es war seine Stimme. Seine Stimme vor allem. Die uns einhüllte, Geborgenheit vermittelte. Mitten in seinem Reden fielen uns die Augen zu, wanderten wir hinüber ins

Schlafgemach, wo Träume uns empfingen, nicht selten von Großvaters Worten angezettelt, und die so ihren Schabernack trieben, rücksichtslos.

Ach, Großväterchen, vielleicht hab' ich ja zu viel Wein gebechert, aber was gäbe ich jetzt für das Piksen deiner Bartstoppeln in meinem Gesicht, das mich, verdammt noch mal, immer nur gestört hat. Viel gäbe ich dafür, wenn ich's noch einmal spüren könnte. Geht nicht. Klar, weiß es wohl. Aber wenn ich jetzt den Kopf auf meinen Ellbogen lege, vor mich hin träume, daran denke, wie es war und nie wieder sein wird, meine ich doch fast, ich spürte dich und könnte dich sogar riechen. Niemanden konnte ich so gut riechen wie dich. Und kurz vor deinem Tod hast du, es war beim Geburtstag der Tante, mir deinen Arm auf die Schultern gelegt und hast leise gesagt: *Du bist mir halt der Liebste!* Was war ich damals doch peinlich berührt, war froh, daß es in dem Moment keiner hören konnte, und wußte wirklich nicht, wieso ausgerechnet *ich*. Das war damals. Heute weiß ich es besser. Es war ein Segenswort. So wenigstens empfinde ich es heute. Und in aller Demut.‹

Der Mond auf seinem nächtlichen Gang schickte ein paar weiße Streifen seines Lichts durch die Lamellen des Fensterladens. Manuel schloß die Augen.

›Kein Verzwiebeln und kein Lachen, keine Tränen, kein Trösten und keine Geschichten. Aber ich höre deine Stimme. Die mich hinüberbegleitet.

Ins Schlafgemach der Träume. Sollen sie doch ruhig ihren Schabernack mit mir treiben!‹

Noch bevor es tagte, war Manuel wieder wach, hielt ein letztes Traumbild fest. Zwei Männer auf dem Oberdeck eines Dreimasters, der eine der beiden auf einem Faß sitzend, der andere auf geschnürten Stoffballen. Und sie steckten die Köpfe zusammen …

Manuel stand auf, zog sich an, lief durch die schlafende Stadt hinunter zum Mondego. Von hier aus würde er den Weg wieder finden, dachte er. Ein paar Katzen huschten über die Straße, verschwanden in Hauseingängen. Keine Menschenseele war unterwegs. Dem schmiedeeisernen Portal schräg gegenüber stand eine halb verfallene Gartenmauer, dahinter waren Agaven mit ihren fast haushohen Blütenständen zu erkennen. Dort suchte sich Manuel einen versteckten Platz, von dem aus er das Portal noch im Auge behalten konnte. Doch bald waren ihm die Augen zugefallen, und erst ein paar störrische Lastesel, die sich, als es tagte, unwillig ziehen und schieben ließen, machten ihm wieder klar, wo er sich befand. ›Irgendwann wird Maria das Haus verlassen‹, überlegte er.

Eine Ewigkeit verging. Dann endlich öffnete sich das Tor und zwei Frauen traten auf die Straße. Maria, gefolgt von einer alten Frau, ganz in schwarz. Beide trugen Flechtkörbe.

›Markttag‹, dachte Manuel und folgte den beiden in gehörigem Abstand.

Auf dem Marktplatz herrschte reges Treiben. Er versuchte, die beiden nicht aus den Augen zu verlieren. Überlegte, wie er Maria ohne die Alte ansprechen könnte.

Er kaufte eine Melone. So würde es eher wie ein Zufall aussehen. Schließlich sind Einkäufe das Normalste auf der Welt. Normal vielleicht dann, wenn nicht gleichzeitig Unterricht ist. Erst jetzt wurde ihm bewußt, was passiert war – und was nicht passieren darf. Er hatte den Unterricht vergessen. Erstaunt stellte er fest, daß es ihm in diesem Moment egal war. Er beobachtete, wie die beiden Frauen reichlich die Körbe füllten, wie sie diese vor den Stufen, die zur Kirche hoch führen, abstellten, Maria dabei stehen blieb, die Alte aber die Stufen hochging und in der Kirche verschwand.

›Ein Geschenk des Himmels!‹ dachte Manuel und ging eilig auf Maria zu.

»Manuel!«

»Ich wollte dir eine Melone schenken«, sagte er und war sich durchaus bewußt, welch lächerliche Figur er abgab, vor Maria und ihren Körben voller Obst.

Maria schaute auf den ersten Schreck hin etwas ratlos, dann aber lachte sie und sagte: »Machen wir einen Tauschhandel. Auch ich will dir eine schenken.«

Sie nahm eine Melone aus dem Korb und reichte sie Manuel.

»Ich möchte dich wiedersehen«, sagte er und sah, wie Maria errötete.

»Du mußt gehen«, sagte sie, »die alte Josefa wollte nur eine Kerze anzünden, sie führt uns den Haushalt ...«

»Sag wo und wann!«

»Am Freitagabend, nach der Vesper. Kennst du Santa Cruz? Dort vor dem Kreuzgang. Jetzt geh! Es wäre mir wirklich lieber, Josefa kriegte dich nicht zu Gesicht.«

Zu spät. Fluchtartig machte sich Manuel zwischen den Marktständen davon.

»Diebesgesindel!« hörte er die Alte noch schimpfen. Dann war Manuel in einer der vielen kleinen Gassen verschwunden.

›Ach so‹, dachte er, blieb stehen, holte erst einmal tief Luft und sagte erleichtert zu sich selber: »Ach so, heute ist ja Samstag!«

Manuel wanderte hoch auf den Cumulo, betrat ohne große Lust die Universität an diesem Montagmorgen, an dem die neue Woche mit einer gnadenlosen Sommersonne ihren Anfang nahm. Trägheit machte sich breit. Der Unterricht zog sich ermüdend lang über den Tag. Selbst das sonst so willkommene Angebot, unter freiem Himmel weiterzuarbeiten, stieß diesmal auf wenig Gegenliebe. Die Studenten sehnten die Ferien herbei, Manuel den kommenden Freitag.

Erst gegen Mitte der Woche brachten Hitzegewitter ein paar Grad Abkühlung. Als Manuel vom Regen durchnäßt nach Hause kam, paßte ihn seine Wirtin ab und stellte ihm einen Teller mit frischem Obst aufs Zimmer. Sie war eine Witwe von ungefähr sechzig Jahren und erkundigte sich regelmäßig nach dem Wohlergehen ihrer Studenten. Dabei hatte sie es selten eilig, jammerte über das Wetter und die steigenden Preise und plapperte ausführlich über all das, was ihr zu Ohren kam. Und so erfuhr Manuel auch von jenem Tuchhändler, den sie kürzlich getroffen hatte.

›Gut‹, dachte Manuel, ›es kann nicht schaden, daß ich es von ihr jetzt auch erfahren habe.‹

ES WAREN DIE MÖNCHE von Santa Cruz, so hatte es Manuel irgendwo gelesen, die nach der Universitätsgründung vor ein paar Hundert Jahren die ersten Studenten in Theologie unterrichteten.

Viel zu früh war Manuel beim Claustro do Silêncio, dem Kreuzgang, eingetroffen, mußte warten, voller Ungeduld. Endlich, fast als letzte, kam Maria aus der Kirche.

»Der Melonendieb«, sagte sie lächelnd zur Begrüßung. Wortlos gingen sie durch die Gassen hinunter zum Mondego. Dort setzten sie sich auf einen Bootssteg und ließen die Beine baumeln. Die Abendsonne spiegelte sich im Fluß.

»Josefa war der festen Überzeugung, du hättest mir die Melone geraubt«, sagte Maria. »Sie ist eine gute Seele, und sie hat das Heft in der Hand. Widerspruch ist zwecklos.«

»Einmal kam ein Mann, der noch nie sein Dorf verlassen hatte, von hinter den Bergen, also vom Norden, herunter an den Douro und sah so zum ersten Mal einen Obstgarten mit Beeren und Bäumen und Gemüse, wie es im kargen Norden keine gibt. Staunend betrachtete er das üppige Angebot der Natur und bewunderte Gottes gärtnerische Fähigkeiten. Doch nicht einleuchten wollte ihm, daß an so schwächlich am Boden kriechendem Kraut schwere Melonen befestigt waren, während an stabilen Bäumen kleine Nüsse hingen. Wie es der Zufall so wollte, fiel ihm aber während eines Nickerchens eine dieser kleinen Nüsse auf den Kopf, so daß er unsanft geweckt wurde. ›Nun‹, dachte er im Weitergehen, ›der Herr hat es doch gut eingerichtet. Die Nuß ist heil geblieben, die Beule werd' ich verschmerzen. Wäre eine Melone vom Baum gefallen, hätte die es nicht und mein Kopf nur ganz vielleicht überlebt.‹«

Maria lachte.

»Armer Kerl!« sagte sie. »Aber so manchem bereitet das Lernen arge Kopfschmerzen.«

Sie beugte sich zur Seite und gab Manuel einen Kuß.

»Zur Belohnung.«

Manuel schaute verlegen in das Wellenspiel. Dann nahm er Marias Hand.

»Ich wüßte gerne, was dein Vater von meinem Großvater alles weiß.«

»Dann frag ihn!«

Manuel wandte Maria erstaunt den Kopf zu.

»Und wie soll ich das anstellen?«

Maria überlegte.

»Hat dir deine Wirtin nicht zufällig etwas gesagt?«

»Doch, erst vor wenigen Tagen ...«

»Dann schreib meinem Vater ein paar Zeilen, sag ihm, deine Wirtin hätte dir erzählt ... und so weiter.«

»Und woher hab' ich die Adresse?«

»Hat dir im Zweifelsfall eine Sternschnuppe verraten.«

Am Abend setzte sich Manuel hin und schrieb. Wie von selber flossen die Sätze aus der Feder. Kein Wort davon, daß er Maria kennengelernt hatte. Nur von seinem Großvater Miguel Torres da Silva war die Rede, und daß er gerne einmal – wenn das nicht zu vermessen wäre und auch keine zu großen Umstände machte –, daß er gerne mehr erfahren würde.

MANUEL TORRES DA SILVA studierte Arithmetik und Geometrie, dachte an Maria und war jetzt selten nur bei der Sache, wenn Ribeiros Zahlen sich üppig über die Tafel verteilten, und er übte sich in Geduld und hoffte auf eine Antwort, die auf sich warten ließ und dann endlich vor der Tür stand. Maria überbrachte lächelnd eine Einladung, zum Mittagessen am kommenden Sonntag.

Der Melonendieb!« Die alte Magd, als sie das Tor öffnete, verstand die Welt nicht mehr. »Laß gut sein, Josefa, Vaters Gäste sind ehrliche Leute«, sagte Maria, die Schlimmeres gerade noch verhindern konnte.

Der Kaufmann war eine stattliche Erscheinung, wohl Mitte Fünfzig, jovial und mit welterfahrenem Blick, die Mutter eine hübsche, zierliche Frau mit einem fröhlichen Lächeln im Gesicht. Marias kleinere Brüder stritten sich um ein paar Bälle, bis die große Schwester sich erfolgreich einmischte. Mitten in dem großen Raum, in den Manuel geführt wurde, stand ein reich gedeckter Eßtisch, die Wand gegenüber der Eingangstür wurde von zwei schweren Geschirrschränken beherrscht, und an der Wand gegenüber den Fenstern hingen mächtige Gemälde. Mit Segelschiffen, die in einem orientalischen Hafen vor Anker liegen, Derwische drängen mit flatternden Fahnen durch ein mächtiges Tor, stoßen in ein Horn, trommeln und tanzen, was den an einer Hauswand stehenden Packesel wenig zu beeindrucken scheint. Dafür kläffen Hunde, streitende Kinder rennen davon, verschleierte Frauen tragen Tonkrüge auf dem Kopf, ein alter Araber sitzt auf abgetretenen Steinstufen und raucht seine Wasserpfeife, müßige Gewürzhändler dösen neben ihren mit Spezereien gefüllten Schalen, die Sonne wirft harte Schatten, und über dem Ganzen lastet spürbar die Hitze des Orients.

Unmittelbar daneben hing ein Bild mit einer Moschee. Ein Bettler, in Fetzen gehüllt und mit großem Turban auf dem Haupt, kauert schweigsam und in sich zusammengesunken neben dem Eingang. Unweit davon entfernt stehen in kleinen Gruppen stolz anmutende, kriegerisch dreinschauende Gestalten. Ungestört picken Tauben Körner vom Boden. Alte, gebrechliche Gestalten mit langen Bärten und auf ihre Stöcke gestützt, sind ins Gespräch vertieft.

Gebannt schaute Manuel auf diese Bilder. ›So könnten die Kulissen zu vielen von Großvaters Geschichten aussehen‹, dachte er.

Man hatte Platz genommen, das Essen wurde aufgetragen, und Manuel fand zurück ins Jetzt. Man aß, redete nebenbei über dies und das, verstohlene Blicke wurden ausgetauscht, dann mußte Manuel Auskunft geben, wie es ihm in Coimbra gefalle, ob das Studium ihm schmecke und das Heimweh ihn plage.

»Ja, gelegentlich«, sagte er, »Heimweh nach den Spaziergängen durch die Weinberge, mit dem Großvater.«

»Auch mir fehlt der alte Miguel Torres da Silva, der mir ein väterlicher Freund war und dem ich viel verdanke«, begann der Kaufmann, »und von dem ich viel gelernt habe. Unsere erste Begegnung liegt lange zurück, in der Folge trafen wir uns immer wieder, verabredet oder allein durch glückliche Umstände. Ich erinnere mich, wie wir zufällig einmal gleichzeitig in Fes ein Schiff nach Portugal betraten, dann eine

Nacht lang kein Auge zutaten, auch er war begierig, Neues zu erfahren. Ich bin kein guter Erzähler, er nahm, wie es kam, die Splitter meiner Eindrücke, komisches Zeugs, das mir zu Ohren gekommen war, und das ich nicht verstehen konnte. Er lächelte und hörte geduldig zu, stellte auch die eine oder andere Frage, dachte dann manchmal lange nach, bevor er seinerseits das Wort ergriff. Er hatte seine Augen und Ohren überall, machte sich aus dem Gehörten seinen eigenen Reim, strickte so wohl auch die eine oder andere seiner Geschichten, und wenn er in Fabulierlaune war, reichte ihm drei Mal Nichts, um es weiterzuspinnen. Beneidenswert! ›So etwas gibt's doch nur in den Zelten der Nomaden oder in den Kaffeehäusern des Orients‹, sagten die, die das Glück hatten, ihn so in seinem Element zu erleben.«

Der Kaufmann stockte, überlegte, lehnte sich zurück und fuhr fort:

»Ganz schlau bin ich nie aus ihm geworden, bin ihm nie auf die Schliche gekommen, hab' selten die Nahtstelle erfaßt, wo die Wirklichkeit in die Phantasie übergeht. Sei's drum. Er hat mir viel geholfen, sein Rat war mir teuer, letztlich Gold wert. Wenn keiner weiterwußte, er war um eine Antwort – was sag' ich! –, um eine Geschichte nie verlegen.«

Nach einer Pause fügte der Kaufmann leise hinzu:

»Leider ist er – so alt er auch war – viel zu früh gestorben. So einer stirbt immer zu früh. Einem meiner Freunde, einem arabischen Kaufmann in Marokko, mit dem ich seit vielen Jahren in freundschaftlicher Beziehung stehe und gute Geschäfte tätige, hätte ich es gegönnt, daß dein Großvater ihm, besser gesagt: seiner kranken Tochter einen Weg aus einer unheilvollen Sackgasse weist. Es ist noch gar nicht so lange her, da erzählte ich ihm von deinem Großvater. Meines Wissens sandte er auch umgehend einen Vertrauten nach Portugal, der aber, als er in Porto landete und Erkundigungen einholen wollte, wohl bereits zu spät kam. Ich bin sicher, der Alte hätte helfen können.«

Manuel saß wie vom Donner gerührt. Sollte es sich um den Araber handeln, den sein Großvater, als er sich kurz vor seinem Tod noch einmal in Porto aufhielt, getroffen hatte?

Nur sehr mühsam konnte er seine Erregung unterdrücken, versuchte dennoch, sich nichts anmerken zu lassen. Ein verstohlener Blick ans andere Tischende, wo Maria schweigend saß, ein Lächeln huschte über ihr schönes Gesicht, dann, Gott sei Dank, sorgte das Küchenmädchen für Ablenkung, brachte einen Teller mit frischen Feigen. Dazu wurde Kaffee gereicht. Der Kaufmann rauchte eine Pfeife. Manuel saß schweigend, wagte nicht, Fragen zu stellen.

»Ich werde nie vergessen, wie wir vor Jahren zusammen zurücksegelten von Ceuta nach Porto, ein abscheulicher Sturm tobte und wühlte das Meer auf, alles floh unter Deck, und was nicht vertäut war, purzelte kreuz und quer durch den Laderaum. Erst weit nach Mitternacht ließ der Sturm endlich nach. Dein Großvater war der erste, der nach draußen drängte, an die frische Luft und auf der Suche nach den ersten Sternen. Ich folgte ihm. Und als hätte er meinen miesen inneren Zustand geahnt, sagte er zu mir: ›Manchmal reicht ein langer Blick in den Nachthimmel. Dann geht an einem der Sterne die unruhige Seele vor Anker.‹ Wir standen Achterdeck an der Reling unseres portugiesischen Dreimasters, ich war, wie gesagt, nicht in bester Verfassung, meine Handelsunternehmungen waren damals alles andere als zufriedenstellend verlaufen, und ich war ratlos. Plötzlich kam der alte Miguel auf die Irrfahrten des Odysseus zu sprechen und sagte dabei etwas Bemerkenswertes. Ich hab's bis heute nicht vergessen. ›Dieser Grieche‹, sagte er, ›dieser Grieche verlor nie sein Ziel aus den Augen. Den Weg kannte er nicht, er irrte umher. Weil er aber um das Ziel wußte, fand er schließlich auch den Weg.‹ – Ach! Da fällt mir etwas ein!«

Der Kaufmann stand auf. Aus einem der Schränke mit den hölzernen Gittertüren holte er ein kleines, zusammengefaltetes Tuch.

»Ich werde dir etwas schenken. Schenken ist das falsche Wort. Weiterreichen werde ich, was für deinen Großvater bestimmt war und somit jetzt dem Erben gehört.«

Er faltete auf dem Tisch das seidene Tuch vorsichtig auseinander und reichte Manuel eine kleine Kachel, kaum größer als die Handfläche und reich verziert mit türkisblauen Ornamenten, arabischen Buchstaben und Zahlen.

»Diese prachtvolle Kachel drückte mir der Gärtner meines arabischen Kaufmanns in die Hand, ein Mann, der jede Pflanze seines Parks genauestens zu bestimmen weiß – und darüber hinaus mit den Gesichtszügen eines seltsamen Gelehrten daherkommt. Ihm scheint nichts verborgen zu bleiben, im Gegenteil: ihm gehört das volle Vertrauen der Familie. Er also gab mir diese ›azulejo‹, mit der Bitte, sie diesem von mir so hochgelobten Geschichtenerzähler zukommen zu lassen. Fragt mich nicht, wieso und weshalb und was er sich davon versprach, was es damit auf sich hat, was der Schriftzug und die Zahlen für eine Bedeutung haben. Aber so viel läßt sich sagen: diese maurische Kachel ist ein kostbares Stück, und da sie für Miguel Torres da Silva bestimmt war, wird der Enkel und Erbe seiner Geschichten sie in Ehren halten.«

Fast pathetisch klangen diese Worte, und Manuel spürte, daß es dem Kaufmann auch so zumute war.

Verlegen schaute er auf die Kachel, die er nun in der Hand hielt.

»Danke, ich werde sie in Ehren halten«, sagte er leise.

»Da Ihr meinen Großvater ja gut kanntet, erlaubt mir eine Frage. Welche Hilfe hätte von ihm kommen sollen? Er war Weinbauer, in Porto waren seine Weine mehr als begehrt. Und er war ein wunderbarer

Geschichtenerzähler. Wir Kinder hingen ihm ebenso an den Lippen wie die Alten im Wirtshaus oder bei anderen Gelegenheiten. Aber er war gewiß kein Arzt.«

»Du hast recht. Er war kein Arzt. Aber seine Geschichten waren heilsam. Und, wer weiß, sie sind es vielleicht immer noch.«

Manuel Torres da Silva, Enkel des Miguel Torres da Silva, des Geschichtenerzählers, studierte Arithmetik und Geometrie, suchte die »Ars magna« des Raimundus Lullus zu verstehen, der im 13. Jahrhundert mit seinem mathematischen Werk die letzten Wahrheiten des Universums erkunden wollte. Viele seiner Zeitgenossen hielten diesen genußfrohen und verrückten Landmann für genial, Giordano Bruno war von ihm so begeistert, daß er felsenfest glaubte, in Lullus' universeller Algebra steckten auch Methoden, den Geheimnissen vieler metaphysischer Wahrheiten auf die Spur zu kommen.

Viel wichtiger aber war Manuel das Studium verschiedener Bücher, die ihm Auskunft über die Bedeutung von Kacheln geben könnten. Auch wenn eine Vielzahl von Gebäuden in Coimbra und im ganzen Land mit kunstvoll gestalteten Kachelwänden innen wie außen verziert waren, so hatte er sich doch noch nie sonderlich dafür interessiert, war eher achtlos daran vorübergegangen, hatte auch nie zuvor welche gesehen, die außer Ornamenten noch Wörter und Zahlen aufwiesen. Die arabische Schrift seiner Kachel war bald entziffert: »Gott führt, wen er will.« Doch was die Zahlen zu bedeuten hatten, war nirgends zu erfahren. Eine 2, eine 8 und eine 4. Die 2 geht in 8 4mal. Und die Quersumme ergibt 14.

›14 Tage braucht der Mond, um vom Neumond in den Vollmond zu wandern‹, überlegte Manuel. ›Oder hat man die drei Zahlen als eine Zahl zu lesen? Dann erhält man 284.‹

Manuel mußte an Marias Vater, den Tuchhändler denken und an das, was er von diesem über seinen Großvater erfahren hatte. Und Manuel dachte an Maria.

Als er am darauffolgenden Tag gegen Abend von den Vorlesungen nach Hause kam, fand er unter der Türe durchgeschoben einen Brief.

»Ich bin neugierig auf Geschichten. Wenn du willst, komm am Freitagabend, nach Einbruch der Dunkelheit. Ich werde am Tor auf dich warten. – Maria.«

Ich würde euch gerne noch etwas fragen.« Manuel war geblieben, bis alle Studenten den Hörsaal verlassen hatten.

»Mir schien, du warst heute nicht bei der Sache. Hat es mit deiner Frage zu tun?«

Ribeiro nahm noch einmal Platz.

›Er merkt alles‹, dachte Manuel.

»Es tut mir leid ...«

»Es war kein Vorwurf. Manchmal sind andere Sachen ja wichtiger. Was willst du wissen?«

»Ich weiß nicht, ob es wichtig ist. Aber ich würde gerne wissen, ob die Zahlen 2, 8 und 4 eine besondere Bedeutung haben.«

»Aha, die 284!« wiederholte Ribeiro, so, als ob es sich dabei um eine alte, ihm wohlbekannte Person handelte.

»Wer hat dir denn die verpaßt?«

Manuel verstand nicht.

»Paß auf!« Der Lehrer erhob sich, ging zur Tafel.

»Wie so oft hilft uns auch in diesem Fall Pythagoras weiter. Er teilte Zahlen in verschiedene Kategorien ein. Von den Primzahlen war schon die Rede. Außerdem entdeckte er die von ihm und bis heute so benannten vollkommenen Zahlen. Ihr Wesen ist die Summe der echten Teiler. Oder, anders gesagt: Die Summe der echten Teiler, einschließlich der 1, ergibt die Zahl selbst. Die kleinste vollkommene Zahl wäre also die 6. Denn durch 1, durch 2 und durch 3 läßt sie sich teilen. Und 1 plus 2 plus 3 gibt 6. Die nächste vollkommene Zahl ist dann erst wieder 28. Das heißt, die meisten Zahlen sind übervollkommen oder untervollkommen. Im Moment nicht wichtig. Die Vollkommenheit ist, wie so oft, äußerst selten. Nun fand er außerdem eine Reihe sogenannter befreundeter Zahlen. Dabei ergibt die Summe der Teiler der einen Zahl die jeweils andere Zahl. Und damit wären wir schon bei deiner Zahl. Nenn mir die Zahlen, durch die sich 284 teilen läßt.«

Manuel überlegte.

»1, 2, 4, dann ..., dann 71 und 142.«

»Richtig«, sagte Ribeiro, der die Zahlen an der Tafel notiert hatte. »Und wenn du diese Zahlen addierst, erhältst du? ...«

»220«, sagte Manuel.

»Jetzt nenn mir alle Zahlen, durch die sich 220 teilen läßt.«

»1, 2, 4, 5, 10, 11, 20, 22, 44, 55 und natürlich 110.«

Ribeiro notierte.

»Jetzt addiere sie!«

»284«, sagte Manuel staunend.

»Und das Alter ego dazu ist eben 220. So kommt das eine zum andern. Nicht schlecht, was Pythagoras da herausgefunden hat. Wie wir von Iamblichos wissen, hat der alte Rechenmeister solchen Zahlen magische, ja geradezu göttliche Kräfte zugeschrieben. In späteren Jahrhunderten haben dann arabische Magiere oder Gelehrte mit befreundeten Zahlen experimentiert. So ließ ein gewisser El Madshriti in ein

Backwerk die eine, in ein anderes die andere befreundete Zahl einbacken. Als er einem jungen Mann und einer jungen Frau diese zum Essen gab, wurden sie ein unzertrennliches Paar. Und der gelehrte Ibn Khaldun war vor 400 Jahren fest davon überzeugt, daß zwei Personen, die durch Amulette in den Besitz solcher befreundeter Zahlen kamen, durch nichts wieder getrennt werden können. Warum Jakob seinem Bruder Esau 220 Ziegen zum Geschenk macht, kann ich dir leider nicht sagen. Kollege Sebastião ist mir bis heute eine Antwort schuldig geblieben ...«

Manuel hörte gebannt zu, schaute etwas ungläubig und wußte nicht, was er sagen sollte, als sein Lehrer geendet hatte.

»Bevor du dir jetzt einen Knoten ins Gehirn denkst, gesteh' lieber dem Zufall ein Mitspracherecht zu bei derlei Zahlenspielen«, sagte Ribeiro und packte seine Papiere zusammen. »Ich habe Fakultätsrat, Marquês de Pombals Reformen sind für uns ein Segen, machen aber auch viel Arbeit.« Und im Hinausgehen fügte er spöttisch lächelnd hinzu:

»Ich empfehle dir ein erfrischendes Bad im Mondego!«

»Danke für die Auskünfte«, sagte Manuel und folgte seinem Lehrer nach draußen.

Maria öffnete das Tor. Sie durchquerten den mit Pflanzen und Blumentöpfen geschmückten Patio. Das Gebäude lag bereits im Dunkeln. Manuel wunderte sich.

»Wo sind die anderen?«

»Sie sind alle ausgeflogen. Mein Vater ist zu einer längeren Reise nach Marokko aufgebrochen, um dort neue Waren zu besorgen und wird dann mit einer Schiffsladung voller Stoffe nach Porto zurücksegeln. Meine Mutter ist mit meinen beiden Brüdern fürs Wochenende hinaus ans Meer, wo Freunde ihren Landsitz haben.«

»Und warum bist du nicht mit?«

»Weil ich unfolgsam sein wollte oder weil ich dich treffen wollte. Oder vielleicht auch einfach so«, sagte Maria und ging voraus, die steinerne Außentreppe hoch. Oben gelangten sie auf eine hölzerne Veranda, von der aus mehrere Türen ins Haus führten. Die Nacht war sternenklar. Maria war stehengeblieben, hatte sich gegen eine der reich verzierten Holzsäulen gelehnt, Manuel stand vor ihr, zum ersten Mal sahen sie sich ruhig an, er betrachtete ihr Gesicht, den leicht geöffneten Mund, die großen Augen, die auf ihn gerichtet waren, das lange lockige Haar. Sie nahmen sich in die Arme, rührten sich nicht, standen so eine ganze Ewigkeit.

Der Raum, in den Maria ihren Gast dann führte, war nicht sonderlich groß, die Einrichtung einfach und liebevoll. Das Mondlicht fiel auf einzelne

Gegenstände, die von Reisen in fremde Länder zeugten. Maria entfachte den Docht einer Öllampe, die laue Luft der Sommernacht erfüllte den Raum.

Sie berührten sich sanft, tasteten zögernd, dann langsam mutiger werdend mit den Fingerspitzen ihre Körper ab. Maria streichelte zärtlich Manuels Wangen, während dieser seine Arme um ihre Hüften legte und sie fest an sich zog. Sie entledigten sich ihrer Kleider, die Berührungen durchflammten ihre Körper, die bebten. Sie ließen sich auf das Bett fallen, versanken in den weichen Decken, die mit seidenem Tuch überzogen waren, das angenehm ihrer erhitzten Haut Kühlung gab. Sie schmiegten sich aneinander, küßten sich leise, berauschten sich am Duft ihrer feuchten Körper und verflochten sich ineinander, bis ihre zitternden Körper immer gieriger nach dem beglückenden Rausch verlangten, um endlich gemeinsam in einem Taumel des Glücks zu versinken.

Die Lampe war erloschen, der Mond war weitergezogen, unter Liebkosungen waren die beiden Liebenden eingeschlafen.

Als die ersten Sonnenstrahlen in das Zimmer der beiden drangen, lag Manuel noch im Schlaf versunken. Maria schaute versonnen an die Balkendecke, währenddessen sie mit ihrer Linken Manuels Lockenkopf kraulte, bis dieser nach geraumer Zeit die Augen aufschlug.

»Ist's gut, was wir tun?«

Maria schaute erstaunt. Dann schlich sich ein Lächeln in ihr Gesicht.

»Gut ist, was wir gut finden. Also ist es doch gut, meine ich.«

»Es scheint mir irgendwie unwirklich.«

»Auch im Vergleich zu den Geschichten in deinem Kopf?«

Maria hatte sich aufgerichtet, räkelte sich, stand dann auf und wickelte sich ein Tuch um, das sie sich aus der Truhe genommen hatte.

»Wirst du mir von deinen Geschichten erzählen?«

Sie hatte sich über ihn gebeugt.

»Liebe und Geschichten«, sagte sie leise flüsternd an sein Ohr, »gehören zusammen. Ist das ein fairer Handel?«

Sie nahm sein Ohrläppchen zwischen die Zähne, gleichsam Bedenkzeit gewährend.

»Dann ist Liebe ein Geschäft?«

»›Alles auf der Welt ist Handel, alles ist Geschäft‹, sagt mein Vater. Und er ist ziemlich erfolgreich.«

»Und du findest es gut so?« Ein schüchterner Vorwurf lag in Manuels Stimme.

»Ob gut, ob schlecht. Ich denke, es ist ehrlich.«

Sie küßte ihn lange auf den Mund, so, als wolle sie einen Punkt setzen.

»Dann ist dein Vater oft lange unterwegs?« fragte Manuel, um das Thema zu wechseln.

»Manchmal nur wenige Tage, manchmal gleich

für mehrere Wochen. Aber manchmal hat er uns auch alle mitgenommen.«

»Und wohin seid ihr gereist?«

»Nach Paris, nach Amsterdam, auch nach Italien oder Marokko, wo wir, wie du weißt, Freunde haben, und wo ich einmal Djamila, meine beste Freundin, hatte. Aber das ist vorbei.« Ein Schatten ging über Marias Gesicht.

»Warum vorbei? Was ist das für eine Geschichte?« wollte Manuel wissen. »Schließlich kam ich, wenn ich recht verstanden habe, in den Besitz einer wertvollen Kachel aus diesem Haus.«

»Und ich kenne auch die Stelle, an der sie ihren Platz hatte, direkt über dem Eingang des Teehäuschens, das mitten in einem Rosengarten steht. In Wahrheit gibt es zwei Kacheln dieser Art, alle die anderen bildeten darum herum ein kunstvoll ineinander verschlungenes Blumenornament.«

»Sie ist wirklich schön und wohl auch etwas Besonderes«, sagte Manuel und dachte an Ribeiros Zahlenspiel. »Ich werde sie in Ehren halten.«

Maria schaute traurig auf die Hände in ihrem Schoß. Dann lehnte sie ihren Kopf an Manuels Schulter.

»Vielleicht werde ich dir ein andermal mehr über dieses Haus und diese Familie erzählen. Erzähl du mir lieber von *deinen* Reisen, von *deinem* Vater!«

»Von welchen Reisen? ... Und von welchem Vater? Da gibt es nicht viel zu erzählen. Mein Vater ging nach Brasilien, als ich ein paar Jahre alt war ..., und er ist nie zurückgekehrt. Es gab keinen Brief, keine Nachricht, kein Lebenszeichen. Irgendwann haben wir aufgehört, auf ihn zu warten. Und meine Reisen?! Nicht der Rede wert. Ein paarmal durchs Land mit meinem Großvater, ans Meer und nach Porto. Dann hierher nach Coimbra. Ziemlich bescheiden!«

»Also war dein Großvater für dich so etwas wie ein Vater ...«

»Miguel Torres da Silva! Ich glaube, er war viel mehr als nur ein Vater ... und heute versteh' ich besser denn je, warum sie mich alle um ihn beneidet haben.«

»Er hat dich ziemlich reich gemacht.«

»Wie meinst du: ›reich gemacht‹?«

»Mit seinen Geschichten ..., die er dir geschenkt hat und die jetzt dir gehören, gewissermaßen dein Kapital sind!«

»Was willst du damit sagen? Soll ich auf den Markt gehen, sie hinausposaunen und warten, daß mir einer ein paar Groschen in den Hut wirft?«

»Warum willst du es dir so einfach machen? Auf dem Weg, den alle gehen, ist kein Blumentopf zu gewinnen. Wenn du Interesse am Gewinn hast, mußt du Wege suchen, die noch im Dunkeln liegen.«

»Dein Vater scheint ein erfolgreicher Kaufmann zu sein ... und er scheint eine gelehrige Tochter zu haben.«

»Ja, er hat Erfolg. Weil er immer wieder nach neuen Wegen sucht und dabei kein Wagnis scheut. Und er wird es auch in Zukunft nicht scheuen.«

»Und du?«

Maria lachte.

»Und ich? Was willst du? Ich bin meines Vaters folgsame Tochter!«

»... auch jetzt, solange er in Marokko oder Porto unterwegs ist?« fragte Manuel neugierig.

»Kein Wort von Porto!« sagte Maria fast zornig und sah plötzlich wieder traurig aus.

Manuel beobachtete, wie sich ihre Augen mit Tränen füllten.

»Vielleicht doch nicht so folgsam«, fügte sie tonlos hinzu.

»Was hast du?«

»Nichts. Auch darüber lieber ein andermal ..., vielleicht.«

»Oder vielleicht doch lieber gleich«, beharrte Manuel und richtete sich auf.

»Ja, vielleicht hast du recht, warum nicht gleich. Aber du mußt mir glauben!«

»Was glauben?«

»Daß es so ist, wie ich es dir sage.«

»Versprochen. Aufs Wort.«

»Ich habe dir nicht alles erzählt ..., wollte dir nicht verraten, daß ..., daß ich wirklich unfolgsam bin. Denn wenn es nach meinem Vater ginge, würde ich irgendwann in nicht allzu ferner Zukunft in Porto wohnen, weil er längst ziemlich genaue Vorstellungen von der Zukunft seiner Tochter hat. Ein wohlhabender Reeder …, der …« Maria stockte.

»… der was?« fragte Manuel ungeduldig.

»… der einen Sohn hat, eine – wie man so schön sagt – ›glänzende Partie‹.«

Manuel schaute entsetzt. Dann sagte er mit trauriger Stimme: »Also ist alles umsonst.«

»Nichts ist umsonst.«

»Eben nur ein Handel.«

»Was heißt *nur*? Es ist alles. Mehr als alles.«

»Und Porto?«

»Ist nichts, gar nichts.«

»Du kennst ihn?«

Maria mußte grinsen.

»Wir haben schon als Kinder zusammen gespielt – und mehr noch gestritten.«

»Dann wirst du ihn jetzt wiedersehen …«

»Und wenn schon. Denk nicht daran. Vergiß es einfach!«

»Das heißt …?«

»Daß ich alles tun werde, um unfolgsam zu bleiben.«

»Das ist doch sinnlos! Dein Vater weiß sicher ganz genau, was er will«, murmelte Manuel bitter.

»Nichts ist sinnlos«, antwortete Maria trotzig. »Es wird einen Weg geben, und ich werde ihn auch finden …, oder der Himmel, wer weiß.«

Sie legte ihren Arm liebevoll um seinen Hals.

»Du wolltest es wissen, und es ist auch besser,

wenn du es weißt. Aber du hast versprochen, mir aufs Wort zu glauben. Also, kein Trübsinn!«

»Sondern?«

»Dem Ausweg trauen, was sonst.«

Kreis und Quadrat verbinden sich im Labyrinth. Im Zentrum das Kreuz.« Der Mathematiker zeichnete mit seiner Kreide. Aus Strichen und Linien entstanden Irrwege, systemgesteuert. Gänge und Mauern waren zu imaginieren, schmale Gänge ohne Licht.

Dann folgt Ribeiros Zeigefinger den Windungen.

»Mal bist du dem Zentrum nah, dann wieder fast am Ausgang. Im gotischen Kirchenlabyrinth mißt die Distanz vom Eingang zum Ziel sechs Meter. Doch wer den tatsächlichen Weg der 11 Umgänge geht, legt 240 Meter zurück. Vierzigmal länger also ist der Weg, Abkürzungen gibt es keine. Das antike Labyrinth, die älteste uns bekannte Labyrinthform, hat sieben Umgänge. Der Sage nach war Dädalos der Architekt, der es im Auftrag des Minos konstruieren ließ.«

Ribeiro zeichnete an die Tafel, erklärte und berechnete die Zahl der Windungen und Drehungen, die einer um die eigene Achse macht, bis er im Ziel ist. Dann schwärmte er vom Labyrinth, das am Boden der Kathedrale von Chartres in Frankreich 1216 ausgelegt wurde. Und ließ seinem Unmut freien Lauf, als er von den 113 das Labyrinth umgebenden Strahlen sprach, deren Zahl bis heute keiner befriedigend zu erklären weiß.

»Des Rätsels Lösung als Hausaufgabe bis morgen! Aber im Ernst, alte Quellen besagen, die Römer, die einst Conimbriga unweit von hier gegründet haben, hätten die Fußböden ihrer Villen mit Labyrinthen aus kleinsten Mosaiksteinen ausgelegt.«

Jetzt zeichnete der Mathematiker ein großes quadratisches Labyrinth, das wiederum in vier Quadrate unterteilt war.

»Wer genau hinschaut, erkennt Vierecke, Dreiecke und das Kreuz. Nicht in großen Bögen also wird die Mitte umkreist, sondern immer ein Quadrant muß vollständig durchschritten werden, bevor der Weg in den nächsten weiterführt.«

Die gelegentlichen zusätzlichen Nachmittagsstunden mit dem Mathematikprofessor waren beliebt und wurden von den Studenten anderer Fakultäten neidvoll beobachtet.

Manuel kannte die Geschichte des Minotaurus, mit Pater Bonifácio hatte er sie gelesen, seinem Großvater dann erzählt, worauf diesem die eine oder andere Geschichte dazu in den Sinn kam.

»Es gibt Zeichen, Symbole und Bilder, die mehr sagen als tausend Wörter«, sagte Ribeiro. »Und sie existierten lange schon vor der Schrift. Bedenkt: Das Labyrinth ist eine der ältesten Gedankenfiguren der Menschen überhaupt. Und wer sich auf das Labyrinth einließ, setzte viel, womöglich sein Leben aufs Spiel, konnte dann aber – und so erst – alles gewinnen.«

Ribeiro entwarf in seiner Rede die ganze Welt als Labyrinth, im kleinen wie im großen, sprach von den

Reiserouten der Weltentdecker und den Karawanenstraßen durch die Wüste, vom weitverzweigten Geflecht der abendländischen Pilgerwege und dem dichter und immer schneller werdenden Netz der Handelsstraßen.

»Vielleicht die schwierigste Reise, die einer überhaupt unternehmen kann, ist die beschwerliche Reise auf verschlungenen Pfaden, die des notwendigen Zögerns, die der Umwege, die viel Zeit in Anspruch nehmen, Geduld fordern, Langmut und Gelassenheit.«

Widerspruch regte sich unter den Studenten:

»Für die Gewalttätigen gibt es doch den geraden Weg«, meinte einer.

»Die Kugel trifft ihr Opfer nicht um die Ecke«, sagte ein anderer.

»Wer die Macht hat, lacht über das Labyrinth!«

»Oder er sitzt darin gefangen.«

»Oder, noch besser, er zerschlägt den Wirrwarr des Labyrinths wie Alexander den Knoten des Gordios.«

»Wenige Jahre später war Alexander tot und sein Reich zerfiel«, gab Ribeiro zu bedenken. »Die Juden durchwanderten 40 Jahre lang das Labyrinth der Wüste, um ins Gelobte Land zu finden, Odysseus irrte zehn Jahre lang durch die damalige Welt, bevor er seine Penelope wiederfand, und Kolumbus durchkreuzte das Weltmeer, bevor er Amerika entdeckte. Und wer sich nicht in den rätselhaften Irrgarten der

Mathematik begibt, ist nicht wirklich an Lösungen interessiert. Wer nicht gewillt ist, sich zu verlieren, verliert. Doch wer dazu bereit ist, zu dem gesellt sich die Neugierde als wundersame Weggefährtin, die lehrt, zu akzeptieren, was wiederum die Voraussetzung jeder Lösung ist. Was wir bei Pythagoras ebenso lernen können wie bei Abraham Zacuto, ist die Reise in die Tiefe. Wer sich ein Herz nimmt, Witz und Verstand gebraucht, wird aus ihr herausfinden, die Lösung in der Tasche.«

›Witz und Verstand.‹ Manuel dachte an Großvaters Geschichte vom Richter, der weit über die Landesgrenzen hinaus für seine unbestechliche Gerechtigkeit und seine milden Urteile bekannt und beliebt war. Einmal nun erschienen bei ihm Rechtsgelehrte aus dem Nachbarland, um von ihm zu lernen.

»Ich weiß nicht, was ich Euch lehren soll, denn wie Ihr befrage ich meinen Verstand, urteile dann mit dem Zwerchfell und dem Herzen.«

»Was meint Ihr mit dem Zwerchfell?« wollten die Richter wissen.

»Nun, wer wie wir das Recht studiert hat, weiß, daß die Welt vor Dummheit nur so strotzt und die Dummheit der Ursprung allen Fehlverhaltens ist. Also gehe ich nachts, wenn die Welt schläft, am Meer spazieren, rufe mir die tollsten Narreteien in Erinnerung, so daß ich von Herzen lachen kann. Und dieses Lachen nimmt der Welt ihre Strenge und Unbarmherzigkeit. Über Nacht schmelzen so die harten Urteile, und beim ersten Morgengrauen legt sich ein Hauch von Gnade über das Recht, das mir nun im milden Licht des Welthorizonts erscheint. Nun erst wage ich, unter das Tor zu treten, um Recht zu sprechen.«

Manuel wanderte mit seinen Gedanken weit weg, vergaß, was um ihn herum geschah, hörte nicht mehr, was die anderen zum Besten gaben, und auch nicht, was sein Lehrer darauf zu sagen wußte. Ob man bemerkt hatte, wie abwesend er war, schien ihm unwesentlich. Träumend war er in seine Geschichten eingetaucht, hatte sich mit ihnen davongestohlen. Und immer wieder mußte er an Maria denken, die dem Ausweg vertraut. Und er hatte versprochen, ihr aufs Wort zu glauben. Dann fiel ihm die rätselhafte Kachel wieder ein, die er unter der Matratze versteckt hatte. Schließlich überlegte er, welche Geschichten für Marias Tauschgeschäft in Frage kämen. Und er überlegte, welche davon er beim nächsten Mal anbieten könnte. Denn sooft sich die Gelegenheit bot, trafen sich die beiden, längst verflogen war auch das letzte Quentchen an Bedenken gegen solcherlei, beiderseits als so beglückend empfundenen Tauschhandel.

Manuel Torres da Silva studierte Arithmetik und Geometrie, befolgte den Rat seines Lehrers und ging unter die Leute, hörte, was sie sich zu erzählen hatten und kam so ganz von selbst auf all die vielen Geschichten, die sein Großvater ihm erzählt hatte. Dann saß er wieder in der ehrwürdigen, mit den vielen Manuskripten und Büchern angefüllten Bibliothek, erstellte ein Verzeichnis all dieser Geschichten und traf sich schließlich mit Maria, die ihn aufforderte zu erzählen, die nicht satt werden wollte.

Und so erzählte Manuel, was ihm zu Marias Gedankenblitzen einfiel, entfesselte Phantasien und zauberte fabelhafte Welten herbei, öffnete Türen zu vermaledeiten Rätseln und Tore zu den Räumen der versammelten Unmöglichkeiten. Und Maria lohnte es ihrem Geschichtenlieferanten reichlich und mit lustvoller Hingabe, liebte unendlich und hob so ihrerseits die Welt aus den Angeln.

NICHTS IST LANGWEILIGER als die Wahrheit«, sagte Maria. »Ich bestelle hiermit also für den heutigen Freitagabend eine Großpackung Lügengeschichten!«

Manuel hatte ihr schon von Großvaters Reisen nach Syrien und weiter durch das Osmanische Reich bis nach Georgien erzählt, wo er wiederholt mit dem georgischen Edelmann Sulchan-Saba Orbeliani zusammengetroffen war, bei dem er das Schachspiel erlernt und der ihm dabei seine Geschichten erzählt hatte.

»Als erstes«, sagte Manuel, »will ich dir die Geschichte von den beiden aufs Schlimmste miteinander verfeindeten Mullahs liefern«.

»Und was sind Mullahs?« wollte Maria wissen.

»Volksprediger. Waren sie unterwegs, traf man sie meist mit ihrem Esel an, Hofnarren, wenn du so willst. Es waren also zwei. Den einen der beiden ertappte man bei einer fremden Frau. Man ergriff die beiden und warf sie in die Grube, bis ihnen am darauffolgenden Tag der Prozeß gemacht werden konnte. Als der andere Mullah davon Kenntnis erhielt, ging er noch in derselben Nacht ins Haus seines Feindes, holte dessen Frau, brachte sie zur Grube und ließ sie hinab. Die andere zog er hoch und brachte sie nach Hause. Am nächsten Tag ging er zum Kadi, vor dem bereits die Angeklagten standen. ›Auch wenn dieser mein Feind ist, so wundert es mich doch, daß Ihr einen Unschuldigen anklagt.‹

Nachdem man die beiden alsbald wieder freigelassen hatte, wollte der so gerettete Mullah von seinem Feind wissen, weshalb er ihm aus dieser lebensbedrohlichen Klemme geholfen hat. ›Aus drei Gründen. Erstens würdest du mir sehr fehlen, weil ich zweitens vom gleichen Schlag bin wie du, weshalb wir drittens zusammenhalten müssen.‹«

»Immer sind es drei«, sagte Maria, »erstens dies, zweitens das und drittens sonst noch was.«

»Vielleicht, weil die Welt dreidimensional ist oder wegen der drei Weisen oder der heiligen Dreieinigkeit«, philosophierte Manuel, »oder weil Gott Eins ist, die Zwei die Polarität setzt und bei der Drei ich auch dabei bin. Die Drei macht im übrigen den Schaden wieder gut, den die Zwei durch die Trennung der Dinge angerichtet hat. Eine freundliche Zahl also, die mir schon seit langem behagt! Und eine gesellige Zahl auch, weil sie die niedrigste ist, bei der das Wort *alle* angewendet werden kann.«

Maria schaute mit großen Augen auf ihren Mathematiker.

»Du redest so, als wären Zahlen gute alte Bekannte von dir.«

»Wer weiß, vielleicht sind sie beseelt. Für Pythagoras war die Zahl das Maß aller Dinge und viele Mathematiker glaubten daran, fühlten sich als Theologen, die in den Zahlen die göttliche Ordnung entdeckten.«

»Aber beweisen läßt es sich doch nicht …«

»Egal. ›Die verborgene Harmonie ist besser als die offensichtliche‹, sprach Heraklit.«

»Mir fällt ein«, sagte Maria, »immer, wenn mein Vater mit Rabbi Gavriel zusammensitzt und sie sich über Gott und die Welt und die Geschäfte streiten, dann beendet der Rabbi nach einiger Zeit das Gespräch, indem er sein Glas erhebt: ›Lachaim!‹ und bedeutungsvoll hinzufügt: ›Dreierlei, wie du weißt, schmeckt nach der kommenden Welt: Shabbat, Sonne und Beischlaf.‹ Dann trinken sie und sind sich sehr einig … eben bis zum nächsten Mal.«

Maria rappelte sich auf aus den weichen Kissen, worin sie sich eingenistet hatte, pirschte sich von der Seite an ihren nachdenklichen Geschichtenhändler heran, küßte ihm sein Ohr und ließ sich sogleich wieder zurückfallen in ihre Kissen.

»Und jetzt bitte die zweite und dann die dritte Geschichte. Drei müssen es sein, und eine verlogener als die andere.«

Manuel überlegte. »Fliegende Kamele gefällig?«

»Mindestens! Wenn möglich eine ganze Karawane«, erwiderte Maria und fügte spitzbübisch hinzu: »Ich bezahle die Extrakosten.«

»Dann werde ich mit Variationen arbeiten müssen. Ich will es versuchen. Also kommen da drei … nein, nicht schon wieder drei: zwei Derwische kommen in eine große Stadt und begeben sich in die Herberge.

Der eine der beiden macht sich auf zum Palast, um dem Schah einen Besuch abzustatten. Mit großem Interesse verfolgt dieser den Bericht des Vielgereisten. Nachdem der Derwisch geendet hatte, sagte der Schah: ›Die Welt ist voller Wunder, und Ihr seid Zeuge der merkwürdigsten Begebenheiten. Erzählt mir also die absonderlichste Angelegenheit, die Euch widerfuhr!‹ Der Derwisch überlegte. ›Ich zögere, Euch wirklich zu sagen, was auf dem Weg hierher mitten in der Nacht geschah, zu unwahrscheinlich klingt es, und ich selbst traute meinen Augen und Ohren nicht. Kurz nach Mitternacht erwachte ich am wilden Flügelschlag riesiger schwarzer Vögel, die sich auf eine unweit von mir lagernde Karawane stürzten und diese samt Kamelen, Pferden, Schafen und den Waren emporhoben und davontrugen.‹

Ungläubig schaute der Schah auf den Derwisch, dann rief er wütend nach seinem Diener. ›Prügel mir diesen Kerl aus dem Haus, der es wagt, mir einen solchen Bären aufzubinden!‹

Mit Beulen, Schrammen und einem blauen Auge erschien der Derwisch bei seinem Gefährten in der Herberge, der ihn einen tölpelhaften Lügner schalt. ›Hätte nicht ein Kamel gereicht? Muß es denn gleich eine ganze Karawane sein?‹

Mit diesen Worten ging er nun, um seinerseits sein Glück zu versuchen. Nach dem üblichen Austausch von Höflichkeiten kam der Schah zur Sache.

›Ihr seid ein vielgereister Mann, der die Welt wohl

zu kennen scheint. So berichtet mir vom Unglaublichsten, das Euch je auf Euren Reisen widerfuhr.‹

›Ich gestehe, ich habe wirklich Unglaubliches erlebt. Aber ich fürchte, Ihr werdet mir kaum Glauben schenken, so merkwürdig ist, was zwischen Himmel und Erde mir entgegenkam. Erst vorgestern am frühen Morgen, als die Hähne krähten, da erwachte ich, als es plötzlich halbe Satteltaschen, Kamelknochen, abgenagte Kamelschädel, Hufeisen von Maultieren und vieles mehr aus heiterem Himmel hagelte und ich nur durch großes Glück von keinem Teil getroffen wurde.‹

Erstaunt hörte der Schah den Bericht, folgerte, daß er dem vermeintlichen Lügner von gestern Unrecht getan hat, entlohnte reich und bat den Derwisch, bei Gelegenheit wieder vorzusprechen.«

Maria schenkte zwei Gläser, die auf dem Tisch standen, mit frisch gepreßtem Orangensaft voll und reichte eines davon Manuel.

»Und was lehrt uns deine Geschichte?« sagte Maria mit gespielter Vorwurfsmiene. »Daß also eine Lüge den Schaden, den die andere angerichtet hat, wieder repariert. Ach, die Welt ist schlecht!«

Manuel zog ohne sonderliches Bedauern die Schultern hoch.

»Schlecht oder nicht schlecht.« Und nicht ganz ernst gemeint fügte er hinzu: »Sie ist mathematisch. Minus mal minus gibt eben nun mal plus.«

Maria verstand nichts, auch versuchte sie es erst gar nicht. »Bloß keine Vorlesung, Herr Professor! Lieber gleich die dritte Geschichte!«

»In diesem Sinne!« meinte Manuel und begann zu erzählen.

»Schwerkrank lag ein reicher Mann im Sterben. Keiner der behandelnden Ärzte vermochte zu helfen. Da erfuhr er von einem Arzt, der allein mit dem Blick in die Augen erkennen könne, ob Hilfe noch möglich ist. In diesem Fall verabreiche er die nötige Medizin und kümmere sich höchstpersönlich um die vollständige Genesung des Kranken. Gäbe es aber keine Rettung, so wende dieser Arzt sich wortlos von den Kranken ab und verlasse den Raum. Also ging unser reicher kranker Mann mit seinem Diener zu diesem Arzt, der ihn in Augenschein nahm und nach kaum merklichem Zögern sich jäh von ihm wandte und das Zimmer verließ.

Völlig entmutigt ließ der Kranke sich also von seinem Diener wieder nach Hause bringen, wo er auf der Veranda des Hauses entkräftet auf dem Sofa landete und sofort einschlief. Der Diener, der unweit von seinem Herrn auf einem Sessel saß, beobachtete nun, wie eine Viper sich einer Milchschale näherte, die noch vom Vortag neben dem Krankenlager stand. Gelähmt vor Angst sah der Diener, daß die Schlange die Milch austrank, sie aber nach kurzer Zeit wieder in die Schale erbrach und dann davon kroch. Erleichtert lehnte er sich zurück und bald waren auch ihm die Augen zugefallen. Währenddessen war aber der Kranke aufgewacht, empfand Durst, sah die Milchschale und trank sie in einem Zug leer. Dann legte er sich zurück und schlief wieder ein.

Als nach einiger Zeit der Diener wieder erwachte, erschrak er nicht schlecht, als er der leeren Schale gewahr wurde und Reste von Milch im Bart seines Herrn entdeckte. Zuerst wollte er sich bittere Vorwürfe machen, dann aber sagte er sich, daß ein Kranker, der schon von allen Ärzten aufgegeben wurde, von einer vergifteten Milch auch kaum mehr kränker werden konnte. Der Kranke aber war in einen tiefen, von heftigen Schweißausbrüchen begleiteten Schlaf gefallen, aus dem er erst am darauffolgenden Tag wieder erwachte.

Der Diener wunderte sich über die rosigen Bäckchen seines Herrn, der nach einem Frühstück verlangte und sich sichtlich besser fühlte. Nach wenigen Tagen war er völlig genesen, die Lebensfreude war zurückgekehrt und auch die Wut. Und so suchte er einige Zeit später den Arzt auf, der sich von ihm abgewandt hatte, und machte ihm heftige Vorwürfe. Doch dieser rechtfertigte sich: ›Nur die sofortige Einnahme von Erbrochenem einer Giftschlange hätte dich vielleicht retten können. Doch kannst du mir sagen, wo solches aufzutreiben gewesen wäre!? Weiß Gott also, wieso du wieder gesund werden konntest.‹

›Nicht nur Gott allein‹, dachte der Diener, der alles mitangehört hatte, ›auch ich weiß, wie mein Herr wieder gesund wurde. Und zwei sind genug.‹«

Eine nachdenkliche Stille war eingetreten, als Manuel seine Geschichte zu Ende erzählt hatte, gerade so, wie er es von früher her kannte, als der alte Miguel noch diese Geschichten zum besten gab.

Zu Maria gewandt sagte Manuel:

»Du siehst, es müssen nicht immer drei sein!«

Langsam kroch Maria zu ihrem Geschichtenerzähler, geschmeidig wie eine Katze legte sie sich an seine Seite und flüsterte in sein Ohr:

»Auch drei sind nicht genug. Denn genug ist selten genug! Aber unsere Vereinbarung gilt.« Und Maria begann mit ihrer Liebeskunst, worin sie für Manuel Meisterin war, und wurde nimmer müde.

Als Maria am nächsten Morgen aus dem Bett sprang, die Vorhänge aufzog und fröhlich lachend Manuel die Decke wegzog, dachte dieser an das Dreierlei des Rabbi Gavriel …

SCHNELL WAR MAN miteinander ins Gespräch gekommen. Der Engländer, der als Gast der Universität für ein paar Tage nur in Coimbra weilte, gesellte sich an den Tisch der Studenten, da es an diesem Samstagabend sonst keinen Platz mehr in der Wirtschaft gab. Er bestellte einen gebratenen Vogel mit Speck und Salat, mit Eiern, Äpfeln und Apfelsinen. Manuel lief das Wasser im Mund zusammen, aber die gegrillten Sardinen schmeckten auch nicht schlecht, die der Wirt schließlich für alle auf den Tisch stellte. Der Fremde war neugierig, wollte viel wissen über das Land und die Stadt samt ihrer Universität, er sei Reisejournalist, genieße das milde Klima hier im Süden, und erzählte vom dauernden Regenwetter auf seiner Insel, die er aber doch nicht missen möchte, angesichts so mancher Nachteile hierzulande.

»Und die wären?« wollten die Studenten wissen.

»In der Tat, nie habe ich ein so läusiges Volk gesehen, wie hier in Portugal.«

Die Studenten grinsten, wußten nicht so recht, was er damit sagen wollte.

»Well«, begann er seine Rede, »eines Tages schwärmte ich von Lissabon aus, Neues kennenzulernen und wurde so Zeuge eines äußerst seltsamen Auftritts. Ich sah zwei Männer auf der Straße sitzen, davon jeder einen großen Pavian auf seinen Schultern hatte, der ihm den Kopf putzte, der von Läusen nur so wimmelte. Ich näherte mich der Szenerie und erfuhr, daß die Paviane sehr geschickt seien für solcherlei Tätigkeiten. Der Mann, dem sie gehören, verdient damit seinen Unterhalt, und für jeden Kopf, ob mit kurzem Haar oder mit langem Haar, den seine Affen rein gemacht haben, verlangt er 20 Reis, was ungefähr 3 Halfpence entspricht. Well, immer noch besser, als eines andern Kopf im Schoß, um ihn von seinen fremden Einquartierungen zu befreien!«

Der Wirt, der die Getränke nachschenkte, und das Ganze mitangehört hatte, meinte spöttisch: »Nichts für ungut, aber wenn ich Euren very british Kupferdeckel auf dem Kopf hätte, würde es mich auch ohne ›Einquartierung‹ jucken. Außerdem, und weil Ihr Euch doch so sehr für das Land interessiert, merkt Euch gut: was in Lissabon Mode ist, interessiert uns hier in Coimbra wenig.«

Schnell bemühte sich der Engländer deutlich zu machen, daß man dies doch wohl auch nur auf die niedrigste Klasse von Leuten beziehen müsse und sprach dann von seinen Reisen, entpuppte sich als ein ausgesprochen humorvoller Zeitgenosse, dem der ganze Tisch mit Vergnügen zuhörte. So erzählte er, daß man sich in London doch eine sehr falsche Idee von den portugiesischen Frauenzimmern mache, wenn man glaube, sie seien zu Ernst und Zurückhaltung geneigt.

»Meine Herren! Mister Voltaire hatte mit seiner Meinung von dem Frauenzimmer der südlichen Länder recht. In der Tat ist es so, daß im Norden Milch in weiblichen Adern fließt, im Süden dagegen Quecksilber. Aber man darf Mercurius nicht im medizinischen Sinn verstehen, sondern ich meine, daß das Frauenzimmer so flüchtig ist wie das Mineral.«

»So flüchtig eben, wie alles, was wichtig ist«, sagte einer der Studenten. »Die Liebe, der Wein, das liebe Geld.«

»Redet mir nicht vom Geld!« sagte der Engländer. »Oder sagt mir wenigstens, was ich tun soll!«

»Hat man Euch etwa ausgeraubt?«

»Schlimmer, ich habe in einem Lissabonner Kaffeehaus einem fleißigen Trinkkumpan einen Moidore geliehen, und das sind immerhin fast 2 Sterling, und ich fürchte, er wird sich nicht mehr daran erinnern wollen, wenn ich in wenigen Tagen wieder dort sein werde.«

»Habt Ihr denn keine Zeugen?«

»Leider nein, und so fürchte ich, daß er klar abstreiten wird, je etwas von mir bekommen zu haben.«

Manuel, der bislang nicht den Eindruck verbreitete, als würde ihn des Engländers Gerede sonderlich begeistern, beugte sich jetzt aber doch nach vorn und meinte: »Es gibt in solchen Fällen ein probates Mittel. Wenn Ihr ihm das nächste Mal begegnet, so richtet es gefälligst so ein, daß noch andere Euch zuhören. Dann müßt Ihr vor diesen Anwesenden beiläufig erwähnen, daß Ihr ihm 10 Goldstücke geliehen habt.«

»Aber es war doch nur ein Goldstück«, sagte der Engländer.

»Genau das«, sagte Manuel, »wird auch Euer Mann ausrufen. Und die Umsitzenden werden es hören und bestätigen.«

Großes Staunen in der Runde. Und dem Engländer war der Mund offen stehen geblieben.

»Well«, sagte er, als er seine Sprache wiedergefunden hatte, und bestellte eine Runde Wein.

»Ach, Großväterchen«, murmelte Manuel später dann beim Nachhausegehen vor sich hin, »immer wieder sind es deine Geschichten, die sich mir oder auch den anderen als ausgesprochen nützlich erweisen. So gerne wüßte ich, ob du's mitkriegst von deiner Wolke aus ...«

WAR ES EIN SPUK oder was war es? »Ich bitte dich, auch wenn es dir schwerfällt, mir zu glauben, unserer Liebe zu vertrauen … und dem Ausweg …«

Maria war abgereist. Ein Brief, ein paar Zeilen nur, tränenverwischt, aus denen hervorging, daß sie mit der ganzen Familie für einige Zeit nach Porto aufgebrochen ist. »Weiß Gott für wie lange.«

Manuel schaute verstört auf das Papier. Taumelte dann durch die Gassen, stolperte über das Pflaster, landete schließlich in seinem Zimmer und warf sich auf die Matratze, lag so lange, starrte in ein Loch, lag ohne Gefühl, war dann eingeschlafen, irgendwann gegen Morgen wieder aufgewacht. Vom Himmel regnete es Schusterbuben. Hatte er alles nur geträumt? Auf dem Tisch lag der Brief. Er rannte aus dem Haus und über die Brücke hinüber zum anderen Flußufer, wo er, vorbei am Convento de Santa Clara-a-Velha mit der halb im Flußsand versunkenen Klosterkirche, durch den aufgeweichten Boden bis zur Fonte dos Amores stapfte. Er kauerte sich nieder, ließ den Kopf auf die Knie fallen und heulte los, und in das Prasseln der Regenströme und das Plätschern der Quelle mischte sich sein herzzerbrechendes Schluchzen. Irgendwann dann hatte sich der Himmel ausgeregnet, die warme Nachmittagssonne machte sich breit, und Manuel hatte sein verheultes Gesicht trocken gewischt. Er starrte in den Quell der Tränen, und es war ihm, als hörte er aus dem Plätschern des

Wassers die Verse des Camões, die von der Liebe erzählen, der Liebe des Dom Pedro zu Inês de Castro, und wie sie hier an dieser Stelle ihr jähes Ende fand.

> Die Nymphen des Mondego, die getrauert,
> und lang um Inês dunklen Tod geweint,
> sie haben in dem Quell, der vor ihr schauert,
> für ewig ihre Tränenflut vereint …

Und die Geschichte vom meuchlings hier verübten Mord wurde lebendig. Eine Alptraumgeschichte. Die einzige, die ihn mit Unbehagen erfüllte, sooft der Großvater sie erzählte. Die Frauen schluchzten dann regelmäßig dazu, und genauso regelmäßig stimmten ein paar alte Männer eine wehmütige Weise an.

Manuel mußte in den Quell starren, wehrte sich gegen die Bilder, die aus ihm stiegen, und war doch unfähig, sie zu verjagen, sah, wie die von König Alfonso gedungenen Mörder die Geliebte seines Sohns Pedro hier an dieser Stelle überraschten und zu Tode stachen. Wie dann des Himmels Gericht und Strafe über den alten König kam, als sein Sohn sich gegen ihn erhob in maßlosem Schmerz. Pedro brandschatzte im eigenen Land, tobte gegen das Heer des Vaters, nur den Bitten der Mutter wagte er sich nicht zu verschließen und so ließ er seinen Vater am Leben, der bald darauf völlig verdüstert und einsam auf seinem Kastell Montemor starb. Die Stunde der Rache war gekommen. Pedro ließ die Mörder jagen und ruhte nicht, bis er sie ausgeliefert bekam. Die Haut wurde ihnen bei lebendigem Leibe abgezogen, man riß ihnen das Herz aus der Brust und verbrannte sie auf dem Scheiterhaufen. Seine tote Geliebte ließ er sodann aus der Gruft heben. In königlichem Gewand und reich geschmückt wurde sie in der Kathedrale von Coimbra zur Königin gekrönt, und der gesamte Hof hatte ihr zu huldigen. In goldbestickte Tücher gehüllt wurde sie siebzehn Meilen weit durch die Nacht getragen, Tausende von Menschen folgten dem Trauerzug bis nach Alcobaça, wo Dona Inês de Castro, die Königin, schließlich ihre endgültig letzte Ruhe fand.

Sie starb nicht, sie lebt.
Es krönt sie der Himmel,
es krönt sie die Erde.
Sie lebt in jedem liebenden Herz.

Auch diese Verse des Dramendichters António Ferreira kannte Manuel. Leise murmelte er sie vor sich hin.

›Und schließlich‹, dachte er, ›auch Maria lebt und ist richtig lebendig, und wir sind uns nichts schuldig geblieben. Und sie hat mich gelehrt, Großvaters Geschichten zu erzählen. Es war ein guter Handel. Wir haben dabei Geschichten verdient. Und unendlich viel Liebe. Und sie bat mich, dem Ausweg zu vertrauen.‹

Manuel Torres da Silva trank noch viel Wein an diesem Abend und in diesen Tagen, genoß seine Traurigkeit, ließ sich einfangen dazwischen von einem sanften Glücksgefühl und fragte sich, ob es je in seinem Leben eine bessere Geschichte würde geben können als die mit Maria.

Er studierte Arithmetik und Geometrie, grübelte über den Zahlen und ihren geheimen Botschaften, dachte an Maria, schwankte zwischen Hoffnung und Verzweiflung, saß tagelang in der Bibliothek, der goldglänzenden Joanina, schrieb wie ein Besessener, brachte viele Geschichten zu Papier, skizzierte und formulierte, mal ausführlicher, mal knapp im Ton, Geschichten von Fremden und Freunden, von Wundern und Wunschträumen, vom Schatten auf der Sonnenuhr und hinkenden Vergleichen, von Geizkrägen und Großherzigen, von Spöttern und Spitzbuben, von vollkommenen Kamelen und gewitzten Papageien, von weisen Narren und närrischen Wesen und Geschichten von den Liebenden, den manchmal glücklichen, den so oft traurigen. Den suchenden.

WIEDER EINMAL und wie so oft an den langen, ruhig dahinkriechenden Sommerferiennachmittagen war der alte Bibliotheksdiener auf seinem Hocker im hintersten der drei Räume, dem dunkelgrünen, eingeschlafen, und der Schlüsselbund mit den riesigen Schlüsseln war ihm dabei aus der Hand auf den Boden gefallen, ohne daß er es gemerkt hatte.

Es war spät geworden, aber Ribeiro und Manuel, die im mittleren der drei Räume, dem roten Saal, saßen, wo die medizinischen, philosophischen und mathematischen Bücher untergebracht waren, machten keine Anstalten, zu gehen. Schon seit den frühen Nachmittagsstunden, als Ribeiro eine der für die Professoren reservierten Lesezellen verlassen hatte und seinen Schüler an einem der großen Tische sitzen und schreiben sah, saßen die beiden und redeten – kein Mensch sonst weit und breit an diesem Sommertag in der Bibliothek – und redeten sich die Köpfe heiß, redeten, umgeben von der gesammelten Weisheit der Welt, in den Regalen fein säuberlich gestapelt, aufgereiht und aufbewahrt.

Ribeiro deutete nach oben zu einem der langgezogenen Fenster.

»So wie die Spinne dort nach streng mathematischen Regeln ihr Netz webt, so stricken wir unsere Träume, weben sie ein in Geschichten, die alten Gesetzen gehorchen, die uns in vielem verborgen bleiben. Und da uns dann noch Zeit bleibt, rätseln wir über den Webstuhl des Allerhöchsten.«

»Ich vermute, Ihr sprecht von der Mathematik …«

»Alles ist Mathematik. Auch die Poesie. Was liest du?«

»Camões, die Geschichte der Inês de Castro.«

»Nicht gerade lustig.«

»Nein«, antwortete Manuel niedergeschlagen.

»Oh, Liebeskummer?« Ribeiros Spott traf, ungewollt.

»Ich bin noch unentschieden.«

»Ob … ?« Ribeiro zwirbelte mit den Fingern seine Barthaare.

»Ob es Liebeskummer ist oder gibt oder nicht gibt.«

»Dann ist es keiner. Dann ist die Gleichung aufgegangen.«

»Vielleicht, vielleicht für den Professor der Mathematik«, sagte Manuel ärgerlich, »ob auch für den Enkel des Geschichtenerzählers weiß ich noch nicht.«

Ribeiro sagte nichts.

»Aber vielleicht habt Ihr mal wieder recht. Zumindest ist keine Rechnung offen geblieben.«

»Wenn es ein Liebeshandel ohne Liebeshändel war, dann hast du gut gehandelt.«

»Mir ist nicht nach Spott zumute.«

»Ich meine es auch im Ernst.«

»Aber es bleibt ein Rest.«

»Das ist gut so. Den brauchst du, den brauchen wir alle. Bewahr' ihn auf im Erinnerungsschrank, der uns, je älter wir werden, desto unentbehrlicher ist. Wer keinen hat, stumpft ab, resigniert, verdummt in der Gleichgültigkeit. Das ist weit schlimmer als Schmerz und Verzweiflung.«

Ribeiro beugte sich vor und schaute Manuel in die Augen:

»Halt ihn gut in Ordnung, deinen Schrank der Erinnerungen, in ihm verborgen steckt der geheime Schlüssel, den du irgendwann einmal für irgendeine Tür dringend wirst brauchen können!«

Dann saßen sie geraume Zeit und schwiegen. Vielleicht war es das Schweigen, das den Bibliotheksdiener plötzlich aus dem Schlaf riß. Laut gähnend räkelte er sich auf seinem Stuhl. Erst als sich Ribeiro deutlich räuspernd bemerkbar machte, schien dem alten António wieder einzufallen, was seine Aufgabe war. Er erhob sich ächzend, sammelte seinen Schlüsselbund vom Boden auf und schlurfte zu den beiden in den mittleren Raum.

»Professor Ribeiro, Ihr seid der fleißigste Professor der ganzen Universität«, bemühte er sich zu sagen, um sein schlechtes Gewissen, das sich allerdings in Grenzen hielt, zu verstecken. »Womit kann ich Euch dienen?«

»Wir wollen dich nicht überfordern«, sagte Ribeiro, indem er sich erhob, »aber vielleicht könntest du die Bände hier auf dem Tisch wieder in die Regale stellen. Für heute soll's genug sein.«

Manuel grinste und stand ebenfalls auf.

»Danke für den Unterricht«, sagte er im Hinausgehen.

»War's denn einer?« fragte der Professor erstaunt. »Mir war's eher ein Gespräch unter Freunden.«

JEDER HATTE NOCH zwei Figuren auf dem Brett. »Schach!« sagte Ribeiro. Mit dem Turm hatte er Manuels König an den Rand gedrängt. Doch Manuel konnte mit seinem König ein Eckfeld von anderer Farbe als die, die sein Läufer bereits beherrschte, erreichen. Ribeiro schien beeindruckt, lehnte sich lächelnd zurück und reckte die Glieder.

»Remis!«

Seit Stunden saßen sie in Ribeiros »Hochsitz« über das Schachbrett gebeugt.

»Geduld«, sagte Ribeiro, »ist bei diesem Spiel eine Grundvoraussetzung. Und du hast, wie mir scheint, mehr davon als Sebastião, der nicht nur einmal in der Wut das Spiel mit seinem weiten Ärmel über den Haufen warf.«

»Geduld, ja. Aber vielleicht ist auch Mitgefühl wichtig, Mitgefühl und Geduld.«

»Du denkst vermutlich an die Kunst, verlieren zu können?« fragte Ribeiro.

»Ja. Wie in der Geschichte jenes jungen Mannes, der in ein Kloster kam, einen alten Meister zu treffen, in der Hoffnung, dieser könne ihm vielleicht helfen, die Leere seines Lebens zu überwinden. ›Vertiefe dich in die Weisheit der Schrift, oder versuche, zu meditieren. Unser Haus steht dir offen!‹

›Ich stamme aus einer reichen Familie, ich mußte nie wirklich arbeiten, nie mich zwingen. Das einzige, was mich bis heute fasziniert, ist das Schachspiel.‹

Der Meister rief einen Mönch und befahl ihm: ›Bringe dein Schachspiel! Da du mir Gehorsam geschworen hast, stelle ihn jetzt unter Beweis. Du bist der beste Spieler von uns allen und wirst mit diesem Mann spielen. Dem Verlierer werde ich mit meinem Schwert eigenhändig den Kopf vom Rumpfe trennen. Da dein Gegner außer Schach sich um nichts in seinem Leben je gekümmert hat, verdient er, falls er verliert, keine andere Strafe.‹

Die Art, wie der alte Meister auftrat, ließ Widerspruch oder Einwand nicht angeraten sein. Sie begannen ihr Spiel. Sie spielten um ihr Leben, spielten Stunden, verdrängten aufkommende Angstgefühle, waren besessen vom Willen, zu gewinnen. Alles um sie herum war vergessen. Die ganze Welt war Spiel, dieses eine Spiel, mit dem sie um ihr Leben kämpften. Als der Mann durch einen ungeschickten Zug leicht ins Hintertreffen kam, reagierte der Mönch seinerseits unbedacht, worauf der Mann ihn wiederum hart attackieren konnte, so daß der Mönch plötzlich in der Falle saß. Der Mann betrachtete seinen ratlosen Gegner, der ihm mit stierem Blick auf das Spiel, zusammengesunken und mit Angstschweiß auf der Stirn gegenüber saß. Er sah in seinem Gegenüber aber auch einen intelligenten und rechtschaffenen Mann, in dessen Gesicht deutlich die Spuren eines arbeits- und entbehrungsreichen Lebens zu entdecken waren. ›Und ich, was habe ich zu bieten? Ein leeres, unbedeutendes Dasein, das keinem Menschen je nützlich war. Ich kann diesen Mönch nicht verlieren lassen.‹

Also beging er, als er am Zug war, eine kleine Ungeschicklichkeit, und gleich noch eine und kam so seinerseits ins Hintertreffen. Der alte Meister hatte alles wohl beobachtet. Plötzlich erhob er sich, trat auf das Schachbrett zu und warf mit einem einzigen Handstreich die Figuren um.

›Ich will weder Sieger noch Besiegte.‹ Und zu dem Mann gewandt sagte er: ›Du hast dich selbst besiegt. Denn neben Geduld und Konzentration hast du heute erfahren, was Mitgefühl ist.‹«

»Bravo«, sagte Ribeiro, dem beim Zuhören die Pfeife ausgegangen war. »Es gibt, weiß Gott, viele Schachgeschichten, aber diese ist bislang die schönste, die ich gehört habe. Das eigene Leben riskieren, aus Mitgefühl. Das ist das Grundmuster der großen Mythen. Sprachen wir nicht neulich von Theseus? Mitgefühl, das Leben riskieren, und zu alledem auch noch: als Sieger das Labyrinth verlassen! Warum nicht?«

Ribeiros Pfeife brannte wieder, und nachdenklich stellte Manuel die Figuren neu in Reih' und Glied auf das Spielfeld.

»Auch dieses Spiel ist ein Labyrinth, wir verfangen uns in immer neuen Sackgassen.«

»Und alsbald tun sich neue Möglichkeiten auf«, ergänzte Ribeiro, »nur wer um Ecken denkt, kommt voran.«

»Wie vorzeiten in jenem fernen Land, wo die Menschen es tunlichst vermieden, geradeaus aufeinander zuzugehen. Wollte man sich treffen, war es eine Frage der Höflichkeit, dabei um Ecken zu gehen. So errichtete man über Jahre und Jahrzehnte hinweg nach und nach im ganzen Land aus gebrannten Lehmziegeln gemauerte Ecken, um die man also zu gehen hatte.«

Neugierig lauschend schaute Ribeiro auf seinen Schüler, währenddessen er sich langsam eine neue Pfeife zu stopfen begann.

»Dann aber starb der alte Großwesir und der König nahm sich einen jüngeren, einen, der große Reisen in die Welt unternommen hatte, und der befand, die Ecken seien nicht mehr zeitgemäß, stünden doch nur im Weg, seien schlicht und einfach überflüssig. Kurzerhand ließ er sie allesamt einreißen. Da aber so direkt keiner einem begegnen wollte, erhob sich das Volk, zog geradewegs gegen den Palast und verjagte den dreimalklugen Besserwisser. In Windeseile wurden dann im ganzen Land alle Ecken neu gemauert, viele neue kamen hinzu, bis sie sich schließlich über das ganze Land hinweg zu einem riesigen Labyrinth zusammenfügten. Die Menschen fanden zu ihrer gewohnten Höflichkeit zurück, gingen wieder aufeinander zu und kamen wieder miteinander zurecht.«

Staunend schaute der Lehrer auf Manuel, als dieser geendet hatte, nachdenklich und mit Befriedigung zog er an seiner Pfeife.

»Eine Geschichte deines Großvaters nehme ich an? Eine erstaunliche Geschichte, und gut erzählt außerdem. Es geht also doch!«

Manuel schwieg.

»Du siehst, es ist eine Frage der Zeit. Dann findet das eine zum andern. Auch die weiteren Geschichten, die du alle noch in deinem Gedächtnis bewahrst, bilden ein einzigartiges Labyrinth. Nach und nach wirst du es erzählend oder schreibend durchdringen. Dann werden es endgültig deine Geschichten sein.«

Manuel schaute grüblerisch vor sich hin, dann wanderte sein Blick durchs Fenster hinaus in die Ferne. Sollte er seinem Lehrer von Maria erzählen? Und als ahnte dieser seine Gedanken, sagte Ribeiro:

»Vielleicht braucht jeder von uns irgendwann seine Ariadne mit dem Faden, gewissermaßen als Muse, die uns küßt.«

»Aber kaufen läßt sie sich nicht!«

»Nein, kaufen läßt sie sich nicht«, sagte Ribeiro, ohne zu wissen, was Manuel damit eigentlich sagen wollte. »Aber umsonst ist auch nichts.«

»Und was ist mit dem Minotaurus?« fragte Manuel.

»Wer weiß, vielleicht dein innerer Schweinehund, den du überwinden mußt! Aber dann, dann wird dir das reiche Erbe deines Großvaters endgültig gehören, dann werden es deine Geschichten sein, und in der einen oder anderen wirst du dich selbst wiederfinden, dir darin begegnen wie in einem Spiegel.«

Manuel überlegte.

»Hat es wirklich Sinn, in einen Spiegel zu schauen, um etwas über sich zu erfahren?«

»Es gibt sogar gute Gründe, nicht nur allmorgendlich in den Spiegel zu schauen. Und wer es tut, ist in bester philosophischer Gesellschaft. Sokrates schon und Seneca und auch der Stoiker Marc Aurel empfahlen den täglichen Blick in den Spiegel. Gerade ihm gelang eine Aufrichtigkeit sich selbst gegenüber, die ihresgleichen sucht. Hast du von ihm gehört?«

»Ein römischer Kaiser …«

»… in synkretistischen Zeiten. Heilbringer aller Sorten waren unterwegs, Eingeweihte, Gnostiker, Astrologen, Wundertäter. Und nicht zuletzt bestimmte das heimlich sich überall in seinem Reich ausbreitende Christentum die geistige Wetterlage. Er fand Erkenntnis durch Klärung und Einsicht in das Gegebene, indem er morgens vor den Spiegel trat und sich zur Aufmunterung eine kleine Rede hielt: ›Zusammentreffen werde ich mit einem fürwitzigen, undankbaren, einem unverschämten, arglistigen, einem neidischen, unverträglichen Menschen. Alle diese Eigenschaften ergeben sich aus der Unkenntnis dessen, was gut und schlecht ist. Beleidigt mich einer, so ist das seine Sache, es ist seine Neigung, so zu handeln. Ich bleibe meiner Natur treu, in Widerwärtiges wird mich also keiner verwickeln und mit ihm mich verfeinden, will ich nicht.‹

Du siehst, hier kennt der Blick in den Spiegel weder Eitelkeit noch Narrenspiegeleien noch kennt er Tricks mit wundertätigen Schmeichelspiegeln, die noch das häßlichste Gesicht aufs angenehmste verwandeln.«

Bei diesen Worten fuhr Manuel zusammen. Die halbe Geschichte samt zerbrochenem Spiegel kam ihm in den Sinn.

»Warum bringen Spiegelscherben Unglück?«

»Das ist Unsinn. Für Nicolaus von Cues ist der zerbrochene Spiegel geradezu Schlüssel der Welterkenntnis. Auch im Scherben spiegelt sich noch das ganze Gesicht.«

»Oder der Hintern des Teufels!«

»Oder die Eitelkeit der Welt. Wir können so weitermachen«, sagte Ribeiro amüsiert, »du scheinst dich ja auszukennen.«

Manuel sagte nichts. Nach einer Weile murmelte er: »Unsinn!«

»Was ist Unsinn?«

»Ich weiß, es ist Unsinn, aber angenommen, Kristall wäre beseelt, ein Spiegel könnte also seinerseits sehen, wäre wissend, besäße eine Seele, hätte Gefühle und könnte somit reagieren auf sein jeweiliges Gegenüber ...«

»Warum Unsinn? Ob Bergkristall oder stiller

Bergquell wie beim unseligen, vor seinem eigenen Antlitz schmachtenden Narziß, dessen grenzenlose Eitelkeit ihm zum Verhängnis wurde ...«

»Eben weil es zwischen den Augen des Spiegels und denjenigen des Betrachters zu einer Wechselwirkung des Schauens kommt, zu einer sich ständig beschleunigenden Kettenreaktion, aus der kein Entkommen mehr ist, die also zum Schwindel führt, zu ohnmächtigem Taumel, am Ende schließlich zur Zerstörung.«

»Und Narziß fällt in sein Spiegelbild ...«

»... oder der Löwe in den Brunnen.«

»Erzähl!«

»Er trieb einen armen Hasen so sehr in die Enge, daß dieser nicht mehr entweichen konnte. In seiner Not bat der Hase, noch eine letzte Frage stellen zu dürfen.

›Sie sei dir gewährt‹, erklärte mit großzügiger Geste der Herr der Tiere.

›Wie viele Könige verträgt die Wüste?‹

›Was soll die Frage? Einen, und außer mir ist keiner, warum fragst du?‹

›Weil ich einen zweiten traf, einen anderen Löwen, und gar nicht weit von hier. Und da du mein König bist, wollte ich dich warnen.‹

Erst schaute der Leu ungläubig, dann fühlte er sich geschmeichelt, schließlich geriet er in Wut.

›Was soll das? Was hat er hier verloren? Wo steckt der Eindringling?‹

›Ich könnte Eurer Majestät den Weg wohl weisen …‹

›Dann red' nicht lang und bring' mich hin!‹

Folgsam hoppelte das Langohr voran und führte den Löwen zu einem gemauerten Brunnen und erklärte mit Unschuldsmiene: ›Da drin hat er sich versteckt.‹

Schnurstracks ging der Löwe nach vorn, beugte sich über den Rand, glotzte sich an, genauer gesagt: sein Spiegelbild im Wasser. Vor Wut brüllend sprang er hoch auf den Brunnenrand – und aus dem Brunnen brüllte das Echo zurück –, wandte sich um zum Hasen und sprach mit staatstragendem Pathos in der Stimme: ›Es kann nur einen geben, und der bin ich.‹ Fauchend stürzte er sich auf den vermeintlichen Eindringling und traf auf sich selbst, fiel tief – und ertrank.«

Ribeiro hatte mit sichtlichem Vergnügen zugehört, überlegte, nachdem Manuel geendet hatte, eine Weile und sagte dann:

»So gilt auch im Untergang – hier im wahrsten Sinne des Wortes –, daß das eine zum andern findet. Und noch etwas: Der Hase, der ursprünglich in der Falle saß, besiegt zu guter Letzt seinen Minotaurus, indem er diesen in die Spiegelfalle lockt. Ein Ausgang mit Triumph.«

»Weniger triumphal für den Löwen«, wandte Manuel ein, »und vielleicht muß es ja nicht immer tödlich enden.«

»Aber das Leben ist nun mal Fressen und gefressen werden. Alles andere sind Ammenmärchen.«

»Ich meine etwas anderes. Denn möglicherweise birgt der Blick in bestimmte Spiegel schlimmere Gefahren noch als den Tod, andere Zerstörungen, welche die Seele im Leib zernagen, der so ein Leben lang siecht.«

»Was ist das für eine Geschichte?« Ribeiro schaute neugierig auf sein Gegenüber.

»Eine halbe ...«, sagte Manuel zögernd, »eine, die ohne Ende blieb.«

»Für einen Arithmetiker bleibt nichts ohne Ausgang«, behauptete Ribeiro und mit Nachdruck wiederholte er seine Frage.

»Was weiß ich«, antwortete Manuel niedergeschlagen, »ein Märchen, ein Traum, eine Lügengeschichte. Mein Großvater hatte sie nie zuvor erzählt, und ich habe sie halb schon vergessen.«

Widerwille lag plötzlich in Manuels Stimme, und er wußte, daß er log und wußte auch, daß sein Lehrer dies bemerkt hatte.

»Auch recht«, meinte Ribeiro. ›Eine Wunde‹, dachte er und zog an seiner Pfeife. Die Tabakswolke hing blaulila über der Dämmerstunde.

»Die Ferien haben begonnen. Du wirst doch sicher nicht die ganze Zeit in Coimbra bleiben wollen?« sagte er, um das Thema zu wechseln. »Was wirst du tun?«

Manuel zuckte mit den Schultern.

»Keine Ahnung«, murmelte er und seine Stimme klang traurig.

»Ich werde für einige Zeit verreisen«, sagte Ribeiro, »will einen alten Bekannten besuchen. Auch er ein Professor der Arithmetik, war einige Jahre in Paris und lebt jetzt in Porto.«

Manuel horchte auf.

»Ihr fahrt nach Porto?«

»Ja«, sagte Ribeiro und wunderte sich über den bestürzten Ton in Manuels Stimme. »Bereits in der kommenden Woche werde ich fahren.«

»Es tut mir leid«, sagte Manuel, »aber Porto weckt in mir gemischte Gefühle.«

»Und willst du mir sagen, wer schuld daran ist?« fragte Ribeiro zurück.

»Niemand«, antwortete Manuel, »und es ist auch kein Geheimnis. Dennoch weiß bis heute keiner davon.«

»Eine alte Liebe ...?«

»In gewisser Weise schon.« Manuel lächelte traurig, mußte an Maria denken und an den Großvater und sagte dann: »Wenige Tage vor seinem Tod schipperte Miguel Torres da Silva auf dem Douro hinab nach Porto, um dort einige Fässer seines besten Weins zu verkaufen.«

Ribeiro schwieg. Nach einer Weile wollte er wissen: »Und du, wann warst du zum letzten Mal in Porto?«

»Das ist viele Jahre her.«

»Dann komm mit, wenn du willst. Ich kenne eine

kleine Herberge, in der du für wenig Geld wohnen kannst.«

Manuel schaute überrascht auf. Damit hatte er nicht gerechnet. Seine Gefühle schwankten zwischen Begeisterung und Bedenken.

»Gib mir morgen Bescheid. Ich würde mich freuen, wenn ich nicht alleine zu reisen brauchte.«

»Ich komme mit«, sagte Manuel plötzlich und ohne Zögern, »und ich danke Euch für das Angebot.«

Ein paar Fledermäuse durchkreuzen
die betrübte Nacht.
Gespinste grollender Traurigkeit
spiegeln mein verdattertes Antlitz.
Die Peitsche des besoffenen Kutschers
malträtiert sein lahmes Maultier,
mitleidlos.
Wie ein Gefangener stolper' ich,
eingezirkelt in Zauberkreisen.
Im Herzen hat sich die Sorge eingenistet,
in meinem Jammerloch die Schwermut.«

Manuel notierte, was ihm einfiel. Dann zerknüllte er ärgerlich das Papier, steckte es wieder ein und irrte weiter durch die nächtlichen Gassen. Als ihm ein paar betrunkene Gestalten entgegentorkelten, verdrückte er sich im Dunkel eines Hauseingangs. ›Jetzt bloß keiner, der etwas von mir will, vor allem keinen Ärger‹, und er zog es vor, wieder den Weg nach Hause einzuschlagen.

Du scheinst Überstunden in deiner Universität zu machen. Was studiert man denn so lange und bis in die Nacht hinein?« fragte Maria mit spöttischem Unterton, als Manuel sein Zimmer betrat. Wie vom Blitz getroffen, blieb er in der offenen Tür stehen. Lächelnd ging sie ihm entgegen, schloß zuerst die Türe und fiel ihm dann um den Hals. Langsam löste sich die Starre in Manuels Gliedern, und beide standen wortlos eng umschlungen.

»Aber … wie kommst du hierher?«

»Mach dir keine Sorgen. Nachts sind alle Katzen grau. Und du?«

»Professor Ribeiro hat mich zum Schachspiel in seinen Hochsitz eingeladen. Und außerdem hatte ich keine Eile …«

»Keine Eile, wenn ich auf dich warte?!«

Manuel drückte Maria zärtlich an sich und flüsterte leise: »Wenn ich gewußt hätte, daß du kommst …«

»Überraschung gelungen?«

»Kneif mich! Sag, daß es kein Traum ist!«

»Ich bin keine Zange«, sagte Maria und küßte ihn.

Sie setzten sich aufs Bett, Manuel wollte alles wissen, und Maria berichtete: Wie sie also nach Porto kamen und die alte Josefa plötzlich zu husten begann und der herbeigerufene Arzt eine schwere Lungenentzündung diagnostizierte. Kaum eine Woche später mußte man sie zu Grabe tragen. Die Trauer war groß, Josefa gehörte zur Familie, seit fast dreißig Jahren diente sie treu, war die gute, manchmal auch strenge Seele des Hauses.

Dann erzählte Maria, wie sie sich um ihre beiden jüngeren Brüder kümmern mußte, wie alle mehr als sonst die Rückkehr des Vaters herbeisehnten und sie lange Gespräche führte mit ihrer Mutter und beide dabei vieles voneinander erfuhren.

»Ja, ich hab' ihr auch von dir erzählt, was sie traurig stimmte, nicht wegen dir, sondern weil sie meinen Vater kennt ... vielleicht aber doch dann auch wieder nicht so gut kannte ...« Maria lächelte nachdenklich und fuhr dann fort:

»Er wirkte ganz anders als sonst, wenn er von einer Reise zurückkam. Ob es der Tod der alten Josefa war oder die Reise, ich weiß es nicht, er war in sich gekehrt, nachdenklicher. Abends saß er mit meiner Mutter im Garten, stundenlang sprachen sie miteinander. In den darauffolgenden Tagen bemühten sie sich, eine neue Haushälterin zu finden, erfuhren schließlich von einer nicht mehr ganz so jungen Frau, deren Mann bei einem Seesturm vor Gibraltar sein Leben verloren hatte und deren einziger Sohn dann als Schiffsjunge nach Amerika gefahren war. Und mit ihr bin ich nun wieder hierher nach Coimbra zurückgekommen, um sie ins Haus und in ihre neue Arbeit einzuführen.«

Nachdenklich schaute Manuel vor sich hin.

»Es tut mir leid für die gute Josefa, ich wollte ihr doch irgendwann noch sagen, daß ich gar kein Melonendieb bin ...« Und nach einer Pause fügte er hinzu: »Ich habe versucht, dir aufs Wort zu glauben ...«

»Und ich mußte nicht einmal die Unfolgsame spielen ... vielleicht war es wegen Josefa, vielleicht ... wer weiß wieso und weshalb! Auf alle Fälle fiel kein einziges Wort über meine Zukunft ... Dafür war sogar von dir einmal, wenn auch nur am Rande, die Rede ...«

»Wieso von mir?« fragte Manuel neugierig.

»Es war fast wie an jenem Sonntag, als du bei uns zu Gast warst. Mein Vater hatte aus Marokko jedem etwas mitgebracht, mir, eingewickelt in ein seidenes Tuch, eine kleine Kachel in Türkisblau, und er erzählte uns, wie der alte Gärtner sie ihm beim Abschied in die Hand gedrückt hätte, mit den Worten: ›Das ist für Maria, Eure Tochter, ein Lebenszeichen von Djamila, ihrer alten Freundin.‹ Dann wollte er von meinem Vater noch wissen, ob er vom Verbleib der anderen Kachel Kenntnis hätte ...«

Maria richtete einen prüfenden Blick auf Manuel.

Er schaute noch immer ziemlich entgeistert, dann, plötzlich, klärte sich sein Gesicht auf.

»So findet vielleicht das eine zum andern«, murmelte er und schaute mit strahlenden Augen auf Maria.

»Was meinst du?«

»Eingeflochten in die Blütenranken steht auf deiner Kachel die Zahl 220.«

Jetzt verschlug es Maria fast die Sprache.

»Woher weißt du das?«

»Höhere Mathematik!«

Fast ungestüm umarmte er Maria, küßte sie, war plötzlich wie von Sinnen.

»Was ist passiert?«

»Ich liebe dich!« sagte er.

Und sie hielten sich lange fest umschlungen. ›Man muß nicht alles verstehen‹, dachte Maria, als sie sich die Kleider vom Leib zogen und zerrten, innehielten, sich anschauten, sich zärtlich streichelten und aneinanderschmiegten. Marias Wangen glühten, mit beiden Händen hielt sie Manuels Kopf, der ihre Lippen spürte, ihre Zunge, eine lange Zeit. Sie liebten sich und trunken vor Glück spürten sie, wie die erdenschwere Welt immer leichter wurde.

»Ich will nicht nach Porto«, murmelte Manuel beim Erwachen.

»Träumst du noch?« Maria lachte. »Wer will dich denn nach Porto schicken?«

»Professor Ribeiro bot mir an, ihn dorthin zu begleiten. Für einige Tage. Aber ich will nicht, nicht mehr. Was soll ich in Porto!? Ich will bei dir sein, will, daß die Zeit stehenbleibt.«

»Und du hast ihm zugesagt?«

»Er wollte mir etwas Gutes tun, mich aus meinem Trübsinn reißen.«

Zärtlich fuhr er mit seiner Hand durch ihr Haar und fügte lächelnd hinzu: »Wozu soll diese Reise denn jetzt noch gut sein!«

»Das wirst du erfahren, wenn du sie unternimmst«, sagte Maria mit großer Bestimmtheit. »Ich würde mich im Enkel des Geschichtenerzählers schon gehörig täuschen, würde er ein solches Angebot ausschlagen.«

»Vielleicht hast du recht«, sagte Manuel nach einigem Überlegen.

»Natürlich hab' ich recht«, sagte Maria und fuhr nach kurzem Zögern mit gespieltem Ernst und erhobenem Zeigefinger fort: »Aber mach' mir keine Geschichten ...!«

»Was heißt ...?«

»... sondern bring' mir eine mit, eine, die noch in unserer Sammlung fehlt. Eine, die dann nur dir und mir gehören wird.«

»Ach, du würdest mir doch kein Wort glauben!«

Maria lachte. »Alles würde ich dir glauben. Und aufs Wort!«

Über Sardon führte der Weg durch Fichten- und Korkwälder bis zu dem kleinen Fluß Agueda, über den sich eine kleine Brücke mit drei Bogen spannt. Wenig später schon gelangten Ribeiro und Manuel an den Rio Vouga, der breit und flach da lag und nur mit einer Fähre zu überqueren war. Wohl war nahe der Fähre eine steinerne Brücke mit 15 Bogen, doch waren die ersten beiden seit langem eingefallen. Hinter Albergaria wurde der Weg über lose Felsstücke und dorniges Gesträuch immer schlechter, so daß sie es für den ersten Tag gut sein ließen und in einer einsam gelegenen Venta, einer jener herkömmlichen Herbergen, die Nacht verbrachten.

Anderntags sattelten sie schon früh am Morgen die Pferde, um so möglichst wenig in der Mittagssonne reisen zu müssen. Als diese am höchsten stand, hielten sie im Schatten zweier Korkeichen Mittag, und während der Lehrer auf seiner Satteldecke sein Mittagsschläfchen machte, nahm Manuel sein Messer und ein am Boden liegendes Stück Korkrinde und begann zu schnitzen. Kaum hatte er daraus ein kleines Segelschiffchen samt Mast und einem Blatt als Segel verfertigt, war Ribeiro auch schon wieder wach geworden.

»Meisterhaft!« sagte er verschlafen und gähnte.

»Na ja, für das offene Meer wohl eher ungeeignet«, meinte Manuel.

»Es geht ja wohl in diesem Fall auch eher ums Auge denn um ein seetüchtiges Verhalten. Und optisch betrachtet, hast du den Goldenen Schnitt ziemlich exakt getroffen. Es ist fast unglaublich, wie das Auge ganz ohne Meßlatte einen untrüglichen Blick dafür entwickelt.«

»Ihr meint das Rechteck mit den Seitenlängen aus zwei benachbarten Fibonacci-Zahlen.«

»Bravo, du erinnerst dich also noch an diese Zahlenreihe? Dann weißt du sicher auch noch, daß sie im Bunde steht mit dem Goldenen Schnitt.«

»Schon deshalb hab' ich es nicht vergessen, weil mir mein Großvater die Geschichte mit den Kaninchen erzählt hat. Und außerdem: Seit ich damals im Unterricht mehr darüber erfahren habe, notiere ich mir im Kalender alle Fibonacci-Tage.«

»Das heißt ...?«

»Mein persönlicher Kalender. Als Ihr zum ersten Mal von diesen Zahlen spracht, rechnete ich zurück. Der Aufbruch von zu Hause gilt als erster Tag. Dann habe ich weiter gezählt und jeweils die Fibonacci-Zahlen notiert, also etwa den 21. Tag und den 34. Tag, den 55. und so weiter. Und halte seither fest, was an diesen Tagen passiert ist, ein Gewitter, oder auch ein Besuch in Eurem ›Hochsitz‹.«

»Ach!« Ribeiro schaute ungläubig. »Davon hast du mir nie etwas erzählt.«

»Ich hatte keine Veranlassung. Außerdem denke ich nicht täglich daran. Denn bekanntlich werden bei dieser Zahlenreihe die Abstände immer größer, und die letzte Fibonacci-Zahl liegt inzwischen schon Monate zurück.«

»Dann war es schätzungsweise die 233, und als nächste käme dann die 377 an die Reihe.«

»Stimmt, in vier Tagen, um genau zu sein.«

»Das wäre ..., das wäre also unser letzter Tag in Porto.«

»Und um dann wieder die nächste Zahl in dieser Reihe zu ermitteln, addiere ich diese mit der vorherigen und was passiert? Ich muß fast zwei Jahre auf die nächste Eintragung warten. Dumm gelaufen. Hätte es vielleicht eher mit den Primzahlen probieren sollen, und dazu noch mit den dreifach vollkommenen. Eine Spielerei. Um ein paar Erinnerungen wach zu halten.«

»Wie du inzwischen ja weißt, lieben Mathematiker die Spielereien, ohne die es unser Fach wohl gar nicht gäbe. Aber weißt du, deine Idee fasziniert mich. Du ziehst also durch deine Biographie eine Fibonacci-Spirale, wie wir sie von der Anordnung der Sonnenblumenkerne her kennen. Und schaffst dir somit deine eigene Welt- oder Lebensordnung. Und wer weiß, vielleicht ziehen sich durch die ganze Weltgeschichte solche Spiralen.«

»Mindestens!« entfuhr es Manuel und erschrokken über sein vorlautes Wort hielt er sich die Hand vor den Mund. Ribeiro lachte.

»Launiges Spekulieren ist mir lieber als verbiestertes Grübeln. Komm, laß uns im Weiterreiten weiterspekulieren.«

›Es ist einer jener Sommertage, wie sie die Dichter fröhlicher Lieder besingen‹, dachte Manuel. Zufrieden ritt er neben seinem Lehrer her, eine frische Brise wehte von Westen über die Felder.

»Meine Zunge meint, eine winzige Spur von Salz liege in der Luft«, sagte Ribeiro, »und also vergaloppiere ich mich zu der äußerst spekulativen Ansicht, das Meer könnte im Westen liegen.«

Manuel lachte und erwiderte vergnügt: »Eine gewagte These, die Ihr da so völlig aus der Salzluft gegriffen in den Raum dieser freien Landschaft stellt. Nur gut, daß wir nicht im Verein mit Professor Sebastião reisen, der mich gleich am ersten Tag nachdrücklich vor Euren Spekulationen gewarnt hat.«

»Ausgerechnet! ... Wie allgemein bekannt, spekuliert niemand wilder als die Theologenzunft. Die Exegeten unter ihnen fischen im Trüben, reimen sich ihr Kartenhaus zusammen und halten dann die Luft an. Bläst aus Rom kein Gegenwind, hält es oft erstaunlich lange. Meist haben sie keine Ahnung von der Mathematik und noch weniger vom Goldenen Schnitt, aber um gut gemeinte Ratschläge sind sie nie verlegen. Dabei ist der alte Sebastião noch ganz passabel, immerhin versteht er das Schachspiel!«

»Aber warum sollen ausgerechnet Theologen sich um den Goldenen Schnitt kümmern?«

»Weil dieser auch in ihre Branche hineinreicht, sogar weit bis in die biblischen Geschichten hinein.«

Manuel musterte seinen Lehrer von der Seite,

wußte für einen Moment nicht, ob es ganz ernst gemeint war oder ironisch wie noch vor wenigen Augenblicken. Unsicher hakte er nach: »Und was tut da der Goldene Schnitt?«

»Er ist, wie in der Musik und in der Kunst, der stets Verborgene. Im Grunde ist es ganz einfach, sogar im Reiten leicht zu erklären. Du kennst die elementare Gleichung des Goldenen Schnitts: Eine Strecke wird so aufgeteilt, daß das Verhältnis der Gesamtstrecke zur längeren Teilstrecke dem Verhältnis der längeren Teilstrecke zur kürzeren entspricht. Jetzt übertrage dies auf Gott und Mensch und Welt. Du nimmst Gott als die Gesamtstrecke. Wir sind die längere Teilstrecke, die Welt ist die kürzere. Wenn also das Verhältnis, das Gott zu den Menschen pflegt, dem entspricht, das wir zur Welt haben, dann ist Harmonie. So einfach ist das. Dumm ist nur, daß wir als die längere der beiden Teilstrecken ständig die Grenzen zu unseren Gunsten zu verschieben trachten. Das paßt verständlicherweise weder der Gesamtstrecke noch der kürzeren Teilstrecke.«

Manuel überlegte. Still ritten sie nebeneinander her. ›Es ist schön‹, dachte er, ›im Rhythmus der klappernden Hufe über Gott und die Welt nachzudenken‹. Dann griff er den Faden wieder auf.

»Wieso zerbrecht Ihr Euch als Mathematiker den Kopf über die Theologie?«

»Weil, wie du weißt – und bei mir sowieso – das eine zum andern kommt. Und auch, weil es naheliegend ist. Aber eigentlich wollte ich gar nicht vom Allerhöchsten und seiner Kreatur reden, sondern von den Geschichten, und nicht nur von den biblischen. Denn auch da hat der Goldene Schnitt eine große Bedeutung als geheime Institution der Harmonie.«

»Und wie stellt sie sich ein? Welcher Rechenmeister stellt beim Erzählen die Gleichung auf?«

»Dazu ist genausowenig Rechenkunst nötig wie beim Spinnennetz. Die Natur weiß Bescheid. Wie die Kunst auch. Und jetzt hast du eine wunderbare Denkaufgabe. Folgende Bestandteile sind gegeben: eine Geschichte. Einer, der sie erzählt. Schließlich ein anderer, der sie zu hören kriegt. Soll das Erzählen wahrhaft funktionieren, so, wie du es immer wieder bei deinem Großvater erleben konntest, aber auch so, wie es beim Lesen vor sich geht, wo also der Autor völlig im Verborgenen bleibt und nur der Text dem Leser vorliegt, dann bedarf es auch in diesem Zusammenspiel des Goldenen Schnitts. – Also, denk nach. Ich geb' dir Bedenkzeit, sagen wir, bis wir zum Rio Douro gelangen, um dort überzusetzen.«

»Und darf ich beim Denken reden?«

»Das ist genausowenig verboten wie umgekehrt«, sagte Ribeiro grinsend.

»Dann versuche ich es mit einer Analogie. Der Erzähler ist der Schöpfer. Die Geschichte sein Geschöpf, das er in die Welt stellt. Wie der Erzähler zu seiner Geschichte, so diese zum Zuhörer. Das würde bedeuten, daß der Erzähler – als Gesamtstrecke –

sich zu seiner Geschichte – als dem größeren Stück – so verhält, wie diese zum Zuhörer – dem kleineren Stück. Das Verhältnis des Erzählers zu seiner Geschichte muß also in Harmonie zu dem Verhältnis des Zuhörers zur Geschichte stehen.«

»Bravo! Du hast ins Schwarze getroffen.«

»Dann würde das aber bedeuten, daß die Geschichte beim Erzählen eine eigene Existenz erhält …«

»… und dann auch ein Stück weit die Geschichte des Zuhörers wird. Genau so ist es.«

»Das ist Magie!«

»Ja, du hast recht. Es ist schwer, sich der Magie des Goldenen Schnitts zu entziehen. Ob du nun vor dem Meisterwerk eines Malers stehst oder inmitten eines Kirchenraums oder eben von einer Erzählung gefangen wirst, das bleibt sich gleich. Verwundert es dich jetzt noch, daß die Araber mit ihren unzähligen Erzählungen auch große Mathematiker sind? Und nicht umsonst entsprang der jüdischen Tradition die Zahlenmystik der Kabbalisten mit all den ineinander verflochtenen Gleichnissen, Rätseln und Parabeln … So kommt das eine halt zum andern, und wir im übrigen kommen unserem Ziel immer näher.«

»Der Douro!«

»Der Douro. Und dahinter siehst du die Silhouette der Stadt, die unserem Land den Namen gab.«

Der 377. Tag:
Die Ankunft

Der Hafen ging seinem geschäftigen Leben nach, ganz ohne sich um den Besucher aus Coimbra zu kümmern.

Vom Morgen bis zum Abend war Manuel durch das dichte Geflecht der Hafengassen gestreift. Mal roch es mehr nach Fisch und siedendem Öl, mal mehr nach den Spezereien des Orients. An den Hafenkais balgten sich Katzen um ein paar Fischköpfe und Schwanzflossen, und zwischen den Buden der Händler im Basar streunten herrenlose Hunde. Am Morgen war ein mächtiges Handelsschiff aus Nordafrika in den Hafen eingelaufen, den ganzen Tag über herrschte eifriges Treiben, die Ladung wurde gelöscht, nimmer endenwollende Mengen von festverschnürten Ballen, von Kisten und Fässern türmten sich auf dem Kai, und die Händler mit ihren schwer beladenen Ochsenkarren versperrten ringsum alle Straßen und Zufahrtswege.

Nur mit Müh und Not fand Manuel, als die Sonne im Meer untergetaucht war, im hintersten Teil der vereinbarten Hafenschenke einen kleinen Tisch mit zwei Stühlen. Dichtgedrängt saß in dem langgezogenen Raum ein lärmiges Volk an den großen Tischen, in fremden Sprachen wurde palavert, und die Luft war erfüllt von Bierdunst und Weingeist, von exotischem Tabaksqualm und Gesottenem.

Wie im Flug waren die Tage vergangen. Manuel hatte die Faktorei der englischen Weinhändler besucht, die Buden der Küfer und einen der zahlreichen Weinkeller. Er durchstreifte das Gewirr der alten Bauwerke innerhalb der Fernandinischen Mauer und flanierte unter den Arkaden am Flußufer, von wo aus man die Gondeln auf dem Douro vorüberschaukeln sah. Dann war er zur Kirche Dos Clerigos hochgestiegen, die in dem höchstgelegenen Teil der Stadt liegt und den Schiffern von Ferne schon zur Orientierung dient. Anderntags besuchte er die Kirche des heiligen Franziskus, reich geschmückt mit vergoldeten Schnitzereien. An der Wand hingen, an Fäden befestigt, die vielen Briefe, die an den heiligen Franziskus gerichtet waren. Da sie alle offen sind, nimmt sich, wer die Kirche besucht, die Freiheit, einige davon zu lesen. Meist waren es Dankschreiben an den Heiligen, da dieser als Vermittler bei der Jungfrau Maria gilt.

Dann wieder hatte Manuel neugierige Spaziergänge durch die mit Segeltüchern von Haus zu Haus beschatteten Gassen unternommen, in denen die Kaufleute Tag für Tag ihre Geschäfte tätigen.

Manuel hatte Hunger. Auf schwarzen Tafeln an der Wand der Taverne waren mit Kreide die Tagesspezialitäten vermerkt. Und natürlich gab es Kaldaunen.

Es war im Jahr 1415, wenige Tage bevor die Flotte des Infanten bereit war, in See zu stechen, um Ceuta zu erobern, da schlachteten die Portuenser alles Vieh, pökelten das Fleisch in große Fässer ein und verfrachteten alles an Bord, selber behielten sie nur die Kaldaunen. So erzählt man sich. Das war vor über 300 Jahren.

Manuel hatte seinen Teller fast leer, als Ribeiro, früher noch als vereinbart, das Lokal betrat. Alle Tische waren voll besetzt. Er ging suchend durch den langen verräucherten und verqualmten Raum, bis er ganz nach hinten kam und dort neben dem offenen Feuer, über dem die Fische auf einem großen schwarzen Eisengrill lagen, seinen Schüler entdeckte.

Mit mürrischem Gruß und sichtlich schlecht gelaunt setzte er sich hin. Kaum saß er, stand er wieder auf, ging zum Kücheneingang, aus dem es herausqualmte, und verlangte ungeduldig nach einem Krug Wein. Dann nahm er wieder Platz. Der Wirt höchstpersönlich kam und füllte den Becher.

»Bringt uns noch einen weiteren Becher«, verlangte Ribeiro. »Ich will nicht, daß mein Freund sich an Eurem Wasser vergiftet. Ist dieser Wein auch Euer bester? Nach den Poesiepanschern fehlt mir jetzt nur noch ein Traubenfälscher.«

»Sagt mir, ob er Euch schmeckt?« bat der Wirt unbeeindruckt vom Ton und blieb abwartend stehen.

Ribeiro nahm einen Schluck, setzte den Becher wieder ab und lehnte sich mit dem Rücken gegen die Wand:

»Er ist gut!« Ribeiros Zunge schien zufrieden und seine Züge begannen sich zu glätten.

»Es ist mein bester«, meinte der Wirt, »genau richtig für gelehrte Leute wie Euch.«

»Woher wollt Ihr wissen, daß wir gelehrte Leute sind?«

»Ich wäre ein schlechter Wirt, könnte ich einem Gast nicht schon beim Hereinkommen an der Nasenspitze ansehen, woher er kommt oder was er treibt.«

»Aha«, meinte Ribeiro, »dann glaubt Ihr also auch zu wissen, woher wir kommen.«

»Aus Coimbra«, antwortete der Wirt ohne zu zögern, »das ist leicht zu erraten.« Ribeiro schien beeindruckt. Sein Blick durchstreifte den Saal.

»Und die hier Sitzenden glaubt Ihr demnach auch alle richtig einschätzen zu können?«

»Was heißt einschätzen«, sagte der Wirt. »Ihr müßt wissen, viele hier zählen zu meinen Stammgästen, viele kommen regelmäßig, wenn sie sich geschäftlich in Porto aufhalten, wie etwa die drei Maronenhändler da drüben an der mittleren schwarzen Säule, die Fischhändler da vorn oder hier die Weinbauern. Und die Seeleute erkennt eh jedes Kind.«

Ribeiro nahm einen Schluck aus seinem Becher. Das Gespräch schien ihm zu behagen.

»Aber wer sagt Euch, daß wir Gelehrte sind?«

»Die Landkarte«, antwortete der Wirt. »Mein Weinhändler sagte mir einmal: ›Jedes Gesicht ist wie eine Landkarte, eine ganz persönliche Landkarte.‹ Der Mann hatte recht. Es kommt nur darauf an, sie lesen zu lernen, mit ihren Landschaften und Gegenden. Je älter die Karte, desto leichter ist sie zu verstehen. Aber verzeiht, Eurem Studenten fehlt ja noch sein Becher!«

Mit diesen Worten verschwand er im Küchendunst, um gleich darauf wieder zu erscheinen. Er stellte einen Teller mit Oliven, geräuchertem Schinken und Brot auf den Tisch, nahm den Krug, füllte erst den Becher für Manuel, dann den Ribeiros aufs neue.

»Falls Ihr hungrig seid, ich habe Garnelen, Herzmuscheln, einen wunderbaren Stockfisch überm Feuer gebraten, ebenso Seebarsch und Steinbutt. Es wäre mir ein Vergnügen, für Euch zu kochen!«

Mit diesen Worten verließ er die beiden Gelehrten und verschwand wieder in der Küche.

Manuel hatte die ganze Zeit über nichts gesagt. Auch jetzt wußte er nicht recht, was er sagen sollte.

»Der Wirt scheint Euch zu gefallen«, meinte er vorsichtig.

»Dieser Wirt ist nach einem Tag wie heute ein wahrer Segen und wird mir helfen, den Glauben an die Menschheit nicht ganz zu verlieren.«

›Dann war es wohl schlimm‹, dachte Manuel.

»Wollt Ihr mir sagen, von welcher Menschheit Ihr redet oder was Euch zuwiderlief?«

»Wenn ich schon so übelgelaunt hierher komme, bin ich es dir wohl schuldig. Aber es soll kein Thema für den Rest des Abends sein. Mein Freund, der Arithmetiker, war eingeladen und wollte unbedingt, daß ich mitkomme. Die Gattin eines plötzlich zu Reichtum gekommenen Kaufherrn pflegt die französische Tradition eines Salons, zu dem sie einmal im Monat lädt. Das allein wäre noch kein Unglück. Auch eine Engländerin, Gattin eines englischen Kaufmanns in Porto, die durchaus talentiert das Klavier zu spielen verstand, war nach meinem Geschmack. Aber geladen hatte sie auch ein paar Poeten aus Lissabon, die ihre schwülstigen Verse dem gespreizten und gepuderten Publikum zum besten gaben. Mit Zitaten lateinischer Dichter durchsetzt, hinkten die gestelzten Verse daher, stolperten oder strauchelten, es war eine Qual, zuzuhören. Keine Ahnung von Metrik, kein Gefühl für Rhythmus, aber eine aufgetürmte babylonische Wortmixtur zur Herstellung großer Gefühle. ›Und Amor weint an den Ufern des Tejo …‹ oder ›Circe ist hart wie ein Kieselstein …‹ Aber dann brachte einer der Dichter seine Poesie doch noch zum Leuchten. Denn versehentlich hielt er sein vollgeschriebenes Blatt zu nahe an eine brennende Kerze. Vor Schreck wußte er nicht, was tun, wedelte mit dem Blatt, was den züngelnden Flammen durchaus zu gefallen schien, pustete auch ganz ohne

Erfolg und ließ das Blatt schließlich aus Angst, sich die Finger zu verbrennen, fallen. Die Gastgeberin schoß hysterisch aus ihrem Sessel, um die brennenden Reste von Poesie mit den Füßen auszutreten.

Ich war, wie ich feststellen konnte, nicht der einzige Verächter solcher Dichtkunst, denn ein älterer Gast, der gleich hinter mir stand, meinte, wie schön doch zuweilen gepflegte Gedanken uns alle erleuchten. ›Ja‹, pflichtete ein anderer ihm bei, indem er sich ihm zuwandte, ›solche Verse lodern strahlender im Feuer als im Gesang‹. Der Dichter reagierte pikiert, Madame war noch immer aus dem Häuschen, und wir empfahlen uns diskret, der Hinweis auf meine morgige Rückreise war Vorwand genug. Und so kam ich früher hierher als gedacht, übelst gelaunt, wie dir also nicht verborgen bleiben konnte, doch ich gestehe, der Wirt, sein Witz und sein Wein und die Aussicht auf einen Fisch vom Feuer vertreiben die Schatten der letzten Stunden.«

Ribeiro schenkte sich nach, trank mit gutem Zug, atmete tief durch und lehnte sich zufrieden zurück.

»Und du, was wirst du essen?«

Manuel deutete auf seinen leeren Teller.

»Ich habe doch bereits Tripas gegessen, einen ganzen Teller voll …«

»Dann paßt jetzt um so besser das Angebot unseres Wirts. Du bist heute abend mein Gast, morgen geht es zurück nach Coimbra.«

Ribeiro hob das Glas.

»Laß uns auf den guten Ausgang dieses Abends trinken!«

Dann, und noch bevor Manuel etwas sagen konnte, rief Ribeiro den Wirt, bestellte gegrillten Fisch und gleich den nächsten Krug mit Wein.

Sie hatten gegessen, sich über dies und das unterhalten, und ein Anflug von Melancholie und Müdigkeit lag in der nun nicht mehr so gedrängt bevölkerten Schenke.

»Du schuldest mir noch eine Geschichte«, sagte Ribeiro unvermittelt.

»Welche Geschichte?« fragte Manuel erstaunt.

»Deine Geschichte«, sagte Ribeiro, »die, die dich umtreibt, dir viele Fragen aufwirft, und derentwegen du – wer weiß? – vielleicht sogar mit hierher nach Porto gekommen bist.«

Manuel hatte sich inzwischen daran gewöhnt, daß sein Lehrer den Kern der Sache traf und damit wie so oft den Finger auf die Wunde legte. Doch ob es der Wein war oder die mitternächtliche Stunde oder ganz einfach die Vertrautheit, die inzwischen zu seinem Lehrer bestand – oder ob es alles zusammen war –, diesmal wollte Manuel erzählen. Er hatte wohl insgeheim auf diese Gelegenheit gehofft, sie nach diesen drei Tagen in Porto herbeigesehnt.

Ein Küchenjunge kam, um den Tisch abzuräumen. Die Fischgräten wanderten auf einen Teller, der in einer Ecke am Boden stand. Zwei Katzen machten sich schleunigst über den unerwarteten Leckerbissen her.

Nur der Weinkrug und die Becher blieben auf dem Tisch. Ribeiro stopfte sich seine Pfeife, während Manuel zu erzählen begann, ohne zu zögern und ohne jede Scheu, offenherzig, wie er sich nur selten gab.

»Es war Großvaters letzte Reise nach Porto. Dort traf er einen Muselmanen, zufällig. Zufällig? Ja, doch wohl eher zufällig, so es denn den Zufall überhaupt gibt. Dieser Mann aus Marokko erklärte ihm, er sei auf der Suche nach einem gewissen Miguel Torres da Silva, einem Geschichtenerzähler aus dem Norden dieses Landes, nicht ahnend, daß dieser ihm bereits gegenüber saß. Mein Großvater aber, nicht wissend, was ihn erwarten würde, vermied es tunlichst, sich zu erkennen zu geben. Er sei Weinhändler, sagte er, wahrheitsgemäß. Lang und breit muß ihm nun der Araber den Grund seiner Reise hierher nach Portugal geschildert haben. Und so erfuhr er von jener alten Frau, die in Wirklichkeit ein junges Mädchen von kaum zwanzig Jahren war, und deren Jugend beim Blick in einen Spiegelscherben in wenigen Tagen gänzlich zerbrochen war. Worauf der Vater, ein einflußreicher und wohlhabender Kaufmann, die besten Ärzte weit und breit konsultierte, ohne daß einer auch nur im geringsten hätte helfen können. In dieser Zeit nun war dieser Frau in einem Traum ein alter

Beduine erschienen. ›Erst wenn du dir, so wie in einem Spiegel, in einer Geschichte begegnen wirst, wirst du dein wahres Alter und damit deine Jugend wiedererlangen.‹ Worauf ihr Vater von überallher die Geschichtenerzähler kommen ließ und zu Rate zog. Diese nun übten sich in ihrer Kunst, und endlos lang mußte die Alte den Geschichten lauschen. Als sie es irgendwann leid war, ließ sic kcinen mehr in ihre Nähe und verkroch sich tags hinter dem Rosenhag im Garten und nachts in ihrem Zimmer. Bald darauf traf der verzweifelte Vater einen marranischen Handelsherrn aus Portugal, mit dem er seit langen Jahren geschäftlich wie auch in Freundschaft verbunden war. Als dieser von dem Leid erfuhr und auch von den hilflosen Heilungsversuchen, fiel ihm sein Landsmann Miguel Torres da Silva ein, den er seit vielen Jahren kannte und wegen seiner, wie er sagte, heilsamen Geschichten verehrte. Kaum hatte er diesen ins Spiel gebracht, schöpfte der marokkanische Kaufmann neue Hoffnung und schickte besagten Vertrauten nach Portugal, um dort, koste es, was es wolle, diesen portugiesischen Erzähler ausfindig zu machen. Und so kam es zu jener Begegnung in Porto.«

Manuel war in Fahrt, nahm einen schnellen Schluck und fuhr fort:

»›Ja‹, sagte Großvater zu dem Fremden, ›ich kenne den Alten recht gut. Leider‹, so fügte er listenreich hinzu, ›ist er in letzter Zeit doch sehr gebrechlich geworden. An eine längere und entbehrungsreiche

Reise ist nicht mehr zu denken. Aber da ich ihn, wie gesagt, recht gut zu kennen glaube, und dies seit langer Zeit, kann ich mir lebhaft, um nicht zu sagen: fast wörtlich vorstellen, wie er auf Eure Geschichte reagieren würde. Der Araber staunte. ›Und wie?‹ wollte er begierig wissen.

›Vergeßt nicht‹, sagt der Alte oft am Ende seines Erzählens, ›gut ist es, einer Geschichte zu lauschen, besser aber noch, seiner eigenen zu folgen, ohne sich dabei im Wege zu stehen, um so, früher oder später, bei sich anzukommen.‹

Aufmerksam registrierte der Fremde Wort für Wort. ›Ankommen‹, wiederholte er. ›So weit, so gut, aber um anzukommen, mußt du erst den Weg finden.‹

›In dir ist die Antwort. Und der Weg dorthin zuweilen weit.‹«

Als Manuel inne hielt, nahm sein Lehrer die Pfeife aus dem Mund.

»Dein Großvater war ein weiser Mann!« sagte er mit Bewunderung. »Aber ich wollte dich nicht unterbrechen, erzähl weiter, was war dann?«

»Dann?« fragte Manuel bitter. »Es gibt eben kein ›dann‹. Als Großvater bei seiner Geschichte bis hierher gekommen war, nahm er einen Schluck Wein, womöglich einen zu großen, und mitten im Erzählen kam der Tod.«

Manuel hatte geendet. Beide saßen sie jetzt lange schweigend am Tisch.

»Das also ist deine Geschichte.«

»Wieso nennt Ihr sie immer *meine* Geschichte?«

»Nun, sie *ist* es doch«, sagte Ribeiro und sah Manuel dabei forschend in die Augen.

»Und glaubt Ihr, daß sie wahr ist?«

»Wenn du glaubst, daß sie wahr ist«, sagte Ribeiro, »dann stimmt sie aufs Wort!«

›Das hatten wir bereits‹, dachte Manuel und sagte: »Angenommen, sie stimmt haargenau so, wie mein Großvater sie erzählt hat, wie hätte er sie weitererzählt, wäre er nicht mitten im Erzählen erstickt?«

Ribeiro überlegte.

»Vielleicht gar nicht. Vielleicht war sie auch für ihn erst einmal zu Ende. Der Muselmane hat sich mit der Auskunft zufrieden gegeben, das nächstmögliche Schiff bestiegen und ist zurückgereist, um zu berichten, was er in Erfahrung bringen konnte.«

»Das war nicht viel.«

»Das war jede Menge und weit mehr als nur ein guter Rat. Schließlich gab dein Großvater dem guten Mann ein veritables Rezept mit auf den Weg.«

»Man nehme ...?«

»Man nehme! Besser: Man fasse sich selber beim Schopf! Die Alte soll nicht andere für sich suchen lassen und warten, bis ihr alles in den Schoß fällt, sie soll gefälligst selber zu ihrer Geschichte finden. Angenommen also, die Botschaft des alten Miguel ist vom Boten recht weitergetragen worden und auch verläßlich angekommen, dann, wer weiß, findet das eine mal wieder zum andern. Warum soll ausgerechnet diese letzte Geschichte deines Großvaters nicht halten, was sie versprochen hat?«

Manuel überlegte.

»Dann hätte er in gewisser Weise seine Geschichte doch schon zu Ende erzählt.«

»Durchaus möglich. Und ja auch in gewisser Weise tröstlich!«

Ribeiro schaute lächelnd auf sein Gegenüber, dann in den Krug, stellte fest, daß er wieder einmal leer war, und wandte sich in Richtung Küche, wo der Wirt wohl seit geraumer Zeit schon mit verschränkten Armen unter der Tür stand und zufrieden in die Runde schaute. Und als hätte er längst auf ein Zeichen gewartet, trat er zu den beiden an den Tisch.

»Ich halte es zuweilen wie der Messias bei der kanaanäischen Hochzeit. Es wäre mir ein ehrliches Vergnügen, Euch nunmehr den allerbesten Tropfen vorzusetzen, der in meinem Keller lagert.«

»Sagtet Ihr nicht bereits vom vorigen, es sei Euer bester?«

»Mein bester, durchaus. Doch liegen in meinem Keller noch Flaschen von meinem allerbesten, und zuweilen sagt mir meine Nase, daß der Moment gekommen ist, eine von diesen zu entkorken.

»Und wie oft am Abend sagt Euch das Eure Nase?« meinte Ribeiro spöttisch.

»Ihr wollt mich beleidigen! Außerdem seid Ihr, was den Wein betrifft, meine Gäste.«

»Nichts läge mir ferner, als Euch zu beleidigen«, beeilte sich Ribeiro zu sagen. »Ihr habt eine vortreffliche Küche, soweit wir das beurteilen können, der Wein ist vorzüglich, und die Zahl Eurer Gäste scheint dies auch aufs eindrücklichste zu bestätigen. Doch sind wir nichts als Zufallsgäste, weshalb Eure Großzügigkeit mich um so mehr erstaunt.«

»Zuweilen macht es mir eben Spaß, nicht mit dem Gehirn, sondern mit der Nase zu entscheiden.«

»Dann werden wir sicherlich mit größtem Genuß Eure Entscheidung zu würdigen wissen.«

Zufrieden mit dieser Auskunft ging der Wirt, um von seinem allerbesten Wein zu holen, brachte frische Gläser und sich selbst auch ein Glas mit, nahm Platz am Tisch, schenkte ein und begann zu erzählen.

»Dieser Wein, müßt Ihr wissen, ist ein besonderer Tropfen. Da, wo bei Pinhão die Schieferhänge am steilsten nach Süden abfallen, und die Sonne die Trauben am wärmsten umschmeichelt, da keltert mein Winzer diesen Göttertropfen. *Hat gekeltert*, muß ich leider sagen, denn der Alte ist vor mehr als einem Jahr gestorben, und wer weiß, wie es mit seinem Wein weitergeht. Der Mann war ein begnadeter Kellermeister und darüber hinaus der beste Geschichtenerzähler, der je mein Haus betreten hat. Kam er nach Porto, um seinen Wein zu verkaufen, waren die Nächte hier die längsten, denn bis spät in die Nacht saßen wir, um ihm zu lauschen. Trinken wir also das erste Glas auf ihn und seine Geschichten!«

Manuel saß wie versteinert. Wortlos nahm er sein Glas und trank. Sprach dieser Wirt etwa von seinem Großvater und war womöglich sein Großvater hier in dieser Taverne gewesen? Und hat er also auch hier seine Geschichten erzählt, neue kennengelernt?

»Wenn dieser Alte, von dem Ihr sprecht, Miguel Torres da Silva hieß«, sagte Manuel, »dann macht Euch um seinen Wein keine Sorgen. Einer seiner Enkel hat vor Jahren schon das Handwerk von ihm gelernt und bewirtschaftet seither die Weinberge. Doch was die Geschichten betrifft, so wird keiner sie je wieder erzählen können wie er.«

»Ihr kennt ihn?« fragte der Wirt erstaunt.

»Er war mein Großvater«, antwortete Manuel.

Dem Wirt verschlug es die Sprache. Ribeiro saß schweigend, den Blick gesenkt und auf das intensive Rot in seinem Glas geheftet. Manuel hob den Kopf und blickte seinem Lehrer ins Gesicht.

»Vielleicht hatte Platon doch recht.«

»Was meinst du?« fragte Ribeiro und schaute auf.

»Daß Gott geometrisiert.«

»Was redet Ihr?« fragte der Wirt, der seine Sprache wiedergefunden hatte, aber nichts verstand.

»Er meint«, sagte Ribeiro, »daß Ihr wirklich eine untrügliche, vorzügliche Nase habt.«

»Da mögt Ihr recht haben. Aber wenn der alte Miguel wirklich Euer Großvater war, dann werdet Ihr nicht wenige seiner Geschichten kennen.«

»Ich kenne sie alle.«

»Dann habt Ihr sicher seine Kunst geerbt und werdet seine Geschichten weitererzählen.«

Noch bevor Manuel etwas sagen konnte, antwortete Ribeiro: »Die Zeit wird kommen und – das eine dann zum andern finden.«

Schweigend saßen die drei. Die Nacht war allmählich leiser geworden.

»Schade, daß Eures Großvaters Zeit gegangen ist«, sagte der Wirt, und das Bedauern klang echt. ›Er muß ihn gemocht haben‹, dachte Manuel und hätte gerne gewußt, ob es mehr seines Weins wegen oder mehr der Geschichten wegen war.

»Ich weiß noch«, sagte der Wirt, »ich weiß noch genau, wie er zum letzten Mal mein Gast war. Wir bestimmten die Menge der Weinfässer, die er mir liefern würde und waren wie immer schnell handelseinig geworden. Dann kam ein Fremder, ein Marokkaner, der sich mit an den Tisch zu Eurem Großvater setzte und diesen für den Rest des Abends in Beschlag nahm. Ich mußte mich um die Küche kümmern, mein Lokal war voll besetzt, denn gerade so wie auch heute morgen war eine Handelsflotte aus Nordafrika in den Hafen eingelaufen – der Fremde war unter den Passagieren – und ich hatte also alle Hände voll zu tun. Dennoch entging mir nicht, wie die beiden sich angeregt unterhielten, der Araber viel zu erzählen hatte, kräftig dabei gestikulierte, und zuweilen hatte es den Anschein, als versuchte er, ein Geschäft zu machen. Welcher Art blieb mir verborgen, hatte mich auch nicht zu kümmern. Solange das Wohl meiner Gäste nicht auf dem Spiel steht, hat mich nichts zu kümmern, und Euer Großvater war außerdem nicht der Mann, der sich nicht zu helfen gewußt hätte. Kurz und gut, die beiden waren in dieser Nacht die letzten, die mein Lokal verließen.«

Der Wirt, der bei all dem nie sein Lokal aus dem Blick verlor, hielt inne und erhob sich, weil man an einem der Tische im Begriff war, aufzubrechen.

»Ich begreif' es nicht«, sagte Manuel. »Dann ist also doch vielleicht alles wahr.«

»Wort für Wort«, sagte Ribeiro.

»Um so mehr will ich wissen, was weiter geschah.«

»Dann erinnere dich, daß dein Großvater dich auch lehrte, daß jede Geschichte ihre Zeit braucht. Inzwischen: schick dein Brot aufs Wasser.«

»Was meint Ihr?«

»Der Rat eines weisen Hebräers, der vor ungefähr 2000 Jahren im Land zwischen Euphrat und Tigris viele kluge Dinge in seinem Buch festhielt, unter anderem diesen Satz: ›Schicke dein Brot aufs Wasser, so kannst du dennoch nach vielen Tagen es wiederfinden.‹ Laß uns jetzt gehen. Morgen ist auch noch ein Tag.«

Als der Wirt sah, daß seine Gäste Anstalten machten aufzubrechen, kam er herbeigeeilt und sagte: »Da Ihr mir mehr seid als nur die Freunde meines Freundes, so erlaubt mir, daß ich am heutigen Abend Euch als meine Gäste betrachte. Und da der alte Miguel mich nie wieder besuchen wird, hoffe ich um so mehr, Euch wieder bei mir begrüßen zu können!«

Mit diesen Worten begleitete er die beiden durch die inzwischen fast leere Schenke. Als sie an der Tür angelangt waren, sahen sie am Tisch nächst dem Ausgang eine Gestalt sitzen, in ein mit wertvollen Stikkereien verziertes Tuch gehüllt. Die junge Frau, mit feinen Gesichtszügen, hatte den Blick auf den Wirt und seine Gäste gerichtet, verwundert blieben sie stehen.

»Mit Verlaub«, sagte der Wirt mit Verlegenheit in der Stimme. »Ihr seht nicht aus, wie … nun ich meine, wie solche, die zu so später Stunde einer Hafenschenke noch einen Besuch abstatten. Sagt, wie ich Euch helfen kann.«

»Indem Ihr mir Euer Ohr leiht«, sagte die Frau, »denn viel hattet Ihr Euch zu sagen. Erlaubt mir nun, Euch eine kurze Geschichte zu erzählen.«

Wortlos und immer noch staunend nahmen Manuel und Ribeiro zwei Stühle und setzten sich, der Wirt blieb hinter ihnen mit verschränkten Armen stehen, neugierig, was nun kommen würde.

Die junge Frau streifte mit beiden Händen das Tuch vom Kopf, erst jetzt konnte man sehen, wie schön sie war, und ohne Umschweife begann sie zu erzählen.

»Es war ein altes Weib, das sich bei Einbruch der Dunkelheit mit seinen Dienerinnen besprach. ›Noch vor Sonnenaufgang‹, so die Alte, ›werden wir den Palast verlassen, denn keiner soll es erfahren, wir werden die schlafenden Straßen durchqueren, durch ein geheimes Tor aus der Stadt gelangen, wo gesattelte Pferde bereitstehen. Und wir reiten durch das Land und die Nacht, und gönnen den Pferden nur wenig Erholung und reiten weiter bis zum Abend, bis wir in eine Stadt am Meer kommen, wo uns keiner kennt und wir im Hafen das Schiff besteigen. So segeln wir bei gutem Wind nach Norden, gehen nach Tagen vor Anker im Hafen einer fremden Stadt, verlassen das Schiff, nehmen Quartier in einer Herberge, wo die Dienerinnen zurückbleiben, ich aber alleine durchsuche dann das nächtliche Labyrinth der Gassen, betrete wie verwandelt diese Schenke und erzähle Euch meine Geschichte – in der Gewißheit, ich bin angekommen.‹«

»Glänzend geschrieben. Von großer Heiterkeit. Schwebend.«

Walter Jens

Puccinis Turm.
Erzählung.
Geb. mit Schutzumschlag,
168 Seiten,
34,– DM / 248,– öS/
31,50 sfr / 17,40 €

ISBN 3-421-05700-1

Uwe Zellmer, Puccinis Turm

Charmant, pointiert, voller Esprit erzählt.
Mal Jazz, mal Blues.
Eine etwas andere 68er-Geschichte
über eine so verletzliche
wie glückliche Generation.

»68ff: Ein ehrliches und auch versöhnliches Buch einer Generation, die einst den Aufbruch wagte.«

Stuttgarter Zeitung

KLÖPFER&MEYER

»Eine der hoffnungsvollsten Stimmen seiner Generation.«

Hans Christian Kosler, Neue Zürcher Zeitung

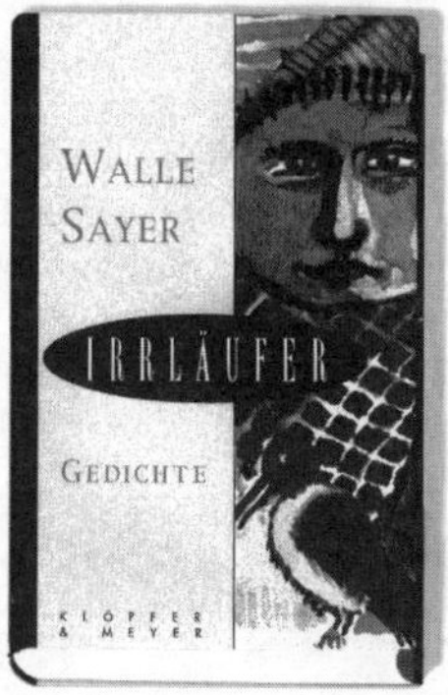

Irrläufer.
Gedichte.
Geb. mit Schutzumschlag,
111 Seiten,
28,– DM / 204,– öS /
26,70 sfr / 14,40 €

ISBN 3-931402-56-8

Walle Sayer, Irrläufer

»Einer der so schreibt, wie andere um ihr Leben rennen. Einer aus der seltenen Gattung derer, die unfähig sind, an der Oberfläche zu bleiben.«

Hermann Bausinger, Südwestpresse

»Bei Sayer gibt's eine Beschreibungsintensität und Ruhe – wie beim späten Handke, allerdings mit einer viel größeren Bescheidenheit.«

Hans Christian Gampert, Südwestrundfunk

KLÖPFER&MEYER

Die Deutsche Bibliothek – CIP-Einheitsaufnahme
Vogel, Thomas:
Die letzte Geschichte des Miguel Torres da Silva : Roman / Thomas Vogel.
– Tübingen : Klöpfer und Meyer, 2001
ISBN 3-421-05707-9

Umschlaggestaltung:
Christiane Hemmerich, Tübingen, unter Verwendung
der Bildvorlage »Universität Coimbra« von Eugénio Silva,
© Guia Turistico do Norte, Lissabon.
Herstellung und Satz: niemeyers satz, Tübingen.
Druck: Druckerei Deile GmbH, Tübingen.
Einband: Ernst Riethmüller, Stuttgart.